小豆丁幼儿园成长记

徐知临 著

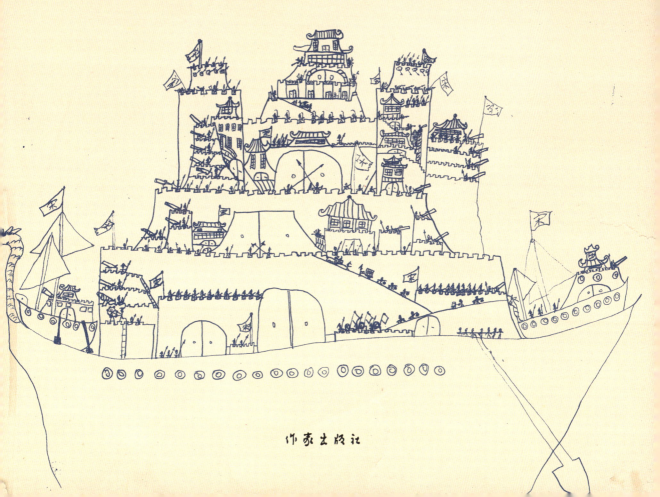

作家出版社

童年的痕迹

徐知临

在我的心头，总是有缕童年的味道，

大菜包的香、炸酱面的肉丁，还有奶糖的芬芳，

在我的记忆，总是有片难忘的地方。

水泥的操场、宁静的后院，还有幼儿园的二层小房。

我问秋风，那支风筝，是否还挂在大树梢。

我问夏日，那棵梧桐，是否还挺拔出荫凉。

我问春雨，那株茄子，是否还不停地长高，

我问冬雪，那群小鸟是否还饱餐着食粮。

每天期待着，遥遥无期的回答、回答、回答……

那些淡忘的、丢弃的、消磨的，生命中却深深印刻着的，

在脑海、在心田、渐行渐远。

那被认为是烟囱的大水塔，

还那样屹立在蓝天下吗？

那勾肩搭背的好兄弟，

现已在何方？

那二层左侧的板房中，

又出现了谁的欢笑？

夕阳中的操场，

还有谁的身影，

脚踩轮滑，

一下飞驰而过。

何时还有机会，

再做做那些傻事。

它们留下痕迹，

留下点点滴滴，

是片语、

是动作，

是画面，

是童年的自己。

是片语，

是动作，

是画面，

是幼儿园的小豆丁。

写在前面

那天，我在读罗尔德·达尔的《好小子——童年故事》。

你看过这本书吗？超级好看，对吗？

这本书里的一句话，让我大吃一惊，你也看到了对吗？

"奇怪的是，我八岁以前的事情记得那么少。八岁之后，我碰到的各种各样的事，我都能告诉你，可在此之前，我能够告诉你的事就不多了。"

天哪！八岁！

你几岁了？

我八岁半了！

我问爸爸妈妈，"记得八岁之前的事吗？"

他们摇摇头。

我问上四年级和五年级的哥哥姐姐，"记得上幼儿园的事吗？"

他们摇摇头。

看来，罗尔德·达尔说的没错！

现在，我还清楚地记得上幼儿园的事！

你也记得吗？

要是不记录下来，我们也会像所有人一样忘得光光吗？

"也许"，"可能"，还是"一定"呢？

我不知道。

我想，忘掉幼儿园的生活一定会像那个没抓住、飞跑了的气球一样，让我难过！

我要记下来！

你也记下来，好吗？

目录

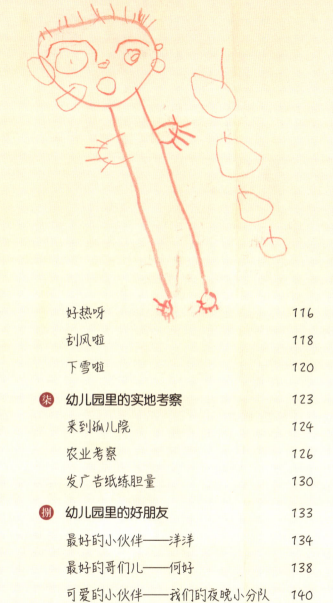

林林的快乐一天

🐸 **宝宝**

小便： ☐3 ☐4 ☐5 ☐6 ☐7 ☐8 ☑9 ☐10 ☐11

大便： ☑0 ☐1 ☐2 ☐3 ☐4

饮水： ☐5 ☑6 ☐7 ☐8 ☐9 ☐10 ☐11 ☐12

饮食： ☑好 ☐一般 ☐不佳

睡眠： ☑好 ☐一般 ☐不佳

情绪： ☑好 ☐一般 ☐不佳

活动参与性： ☑积极 ☐一般 ☐欠缺

上课表现力： ☑积极 ☐一般 ☐欠缺

🐸 **老师** 林林第一天来新起点幼儿园小小班，表现非常好，适应能力很强。早上来园时只要有东西转移他的注意力，马上兴趣就来了，也不找妈妈了。和小朋友玩得很好，交流流畅，老师都非常喜欢他。早上和老师小朋友一起到泉城公园北门附近看鸽子，玩滑梯，荡秋千，很开心。午饭后刷牙，脱了衣服入睡。入睡时间 12:15 - 13:30。林林非常聪明，和他一起学习济南市市鸟是白鹭，吉祥动物属金牛。两遍就记住了。孩子很乖巧，也很懂事，相信与家长平时的教导是分不开的。希望孩子在园里健康快乐地成长！

🌸 **家长** 看到林林在上新幼儿园的第一天就得到了老师的表扬和肯定心中真是高兴，谢谢老师的鼓励和温

幼儿园里的那些事 壹

想起幼儿园，
我就想起了很多事，
这些事，
是只有
幼儿园才有的。
我就在
这些事里，
哭哭、笑笑，
一转眼，
就长大了。

一觉睡到星期六

听妈妈说，我是两岁七个月正式上幼儿园的。

两岁半时，我特别喜欢玩一种"角色扮演"的游戏：我是幼儿园老师，妈妈来接送她的宝宝们。

每次，那只戴着歪帽子的小熊都说：

"老师，早上好！"（当然，是妈妈的配音啰！）

我笑眯眯地大声说："小朋友好！"

"老师，再见，祝您和孩子今天开心快乐！"

我挥挥手，鞠个躬："再见，放心吧，这位妈妈！"

送完了小熊，我还没玩够，妈妈就再送兔子、鸭子、恐龙……

一会儿，我的"学生"就满满一地了。

哈哈，上幼儿园，多有趣！

"我也想上幼儿园！"我对妈妈说。

"好呀！好呀！"妈妈答应了。

等呀等，终于轮到我上幼儿园了。

一开始，叫做"试园"，妈妈说就是让小朋友们熟悉幼儿园。

每天有半天时间，我和妈妈在幼儿园的操场上荡秋千，在蘑菇房子里钻来钻去，和小朋友们一起从高高的旋转滑梯上溜下来，真是太好玩了！

我问妈妈："什么时候，我才能在幼儿园玩上一整天呢？"

妈妈笑着说："快了！快了！你就要正式上幼儿园了！"

那一天，终于到了！

我理了发，穿上黑色运动服，照照镜子。

妈妈说："黑色显瘦！"哇！真的瘦了！

赶快背上蓝色小书包，戴上黄色学号卡，花朵形状的卡片上写着"6"。我的幸运数字是"3"，可我觉得，"3"和"6"是一对好朋友！

去幼儿园的路上，我一边走，一边摇头晃脑地唱妈妈和我编的儿歌：

幼儿园，真奇妙，

小朋友，哈哈笑，

一起唱歌，一起玩，

妈妈来接，不想走！

到了幼儿园，我正要问"老师好！"还没出声就被拉进了教室，小书包差点挤在门外。

"妈妈——""奶奶——""姥姥——"

几个小朋友哭喊着朝门边冲来。

老师一下子关上门，回过身，拍拍手："不许乱跑，快坐好！"

一个小朋友往窗边跑，"妈妈——"

大家都跟着跑过去，"妈妈——""奶奶——""姥姥——"

一个老师"唰——"地拉上窗帘，扭头朝外喊："别看啦，别看啦！家长快走！"

我回过头找妈妈，妈妈呢？不见了！

我什么都忘了，"哇——"地哭起来。

正哭着，听到妈妈在外面喊："再见，林林，下午，我第一个来接你！第一个来！"

妈妈喊了好多遍，我听得很清楚。

"妈妈——妈妈——"

我一边哭，一边喊，我想起妈妈和我玩的幼儿园游戏，心里不那么害怕了！

上午，大家一阵阵地哭，一个哭，都哭。

老师越大声喊不让我们哭，我们就越哭。

哭累了，我想起妈妈要第一个来接我，就不哭了。

"可第一个来是什么时候呢？"

"第一个来！怎么还不来呀？"

老师端来一些大盘子，上面有很多小格子，放着不同的东西。有个黄色的、方方的东西，好像蛋黄，可是软软甜甜的，很好吃！

我一边吃，一边看老师和小朋友。

有的小朋友不吃，闭着眼睛哭。

有个小朋友哭着说："妈妈——，妈妈，来喂喂！"

她一说完，我们都哭起来。

老师很生气，把盘子端走了。

中午，老师让我们睡觉，一些大大的抽屉，从上到下都抽开，变成一张张斜放着的床，我在"抽屉"的最上层。

我很想睡，可是睡不着，我一点儿也不喜欢这样的床！

我想起我的小床，我的被子，想起我的小熊猫枕巾和有着青草香味的小枕头，想起妈妈搂着我讲故事，唱儿歌……

想着，想着，我哭起来。

老师说：小嘴巴闭上，小眼睛闭上！

我在高高的抽屉床上，老想尿尿，起来了好几次。

一个很凶的长得不好看的老师说："你真的要上厕所吗？"

我点点头。

"捣蛋！不好好睡觉！"她生气地说。

我一听，又哭起来。

过了很久很久，才到下午。

我们坐成圆圈学唱歌，可我在心里只唱着："妈妈赶快来！妈妈赶快来！"

突然，老师说："来，把手背在后面，都坐好！让爸爸妈妈看看，我们多听话！"

一听说爸爸妈妈要来了，教室里一下子安静下来，每个小朋友都坐好，眼睛使劲儿地盯着门口……

"妈妈——"

我看到妈妈了！

妈妈在最前面！

我不知道怎么就跑过去了，妈妈蹲下来，我一下子趴在妈妈的身上，一下子闻到了妈妈的味道！

真是我的妈妈，一切都结束了！

妈妈亲亲我："林林，今天过得好吗？"

我的嗓子哑了，"好"，我说得很清楚，很用力。

也许是我第一天自己在幼儿园，觉得有点了不起吧，也许是我想让妈妈知道我这一天的努力。

我记得很清楚，这时，那个长得很凶的不好看的老师走过来，指着我对妈妈说："这孩子中午不好好睡觉，老是起来尿尿！"

妈妈抱起我，我回过头来，趴在妈妈身上，是觉得羞愧，还是太累了，现在我想不起来了。

那天，在幼儿园，也许是太紧张了，一进门，我就要睡觉。

后来，听妈妈说，我果然爬上床就睡了。

半夜里，我突然摸着黑支起了半个身子，像是做梦，却很清楚地把脸朝着妈妈："你是林静妈妈吗？"

妈妈说："是呀！"

我又把头扭向爸爸："你是徐劲松爸爸吗？"

爸爸说："我是，我是！"

我趴下身子，继续睡。

现在说起这件事，真是又好笑，又莫名其妙！

我在点名？还是在确认自己真的回家了呢？

今天想来，刚刚上幼儿园时，我很害怕。

幼儿园的床是陌生的，桌椅是陌生的，老师是陌生的，那么一大屋子的小朋友也是陌生的，一切都是陌生的。

我很害怕再也见不到妈妈了。

没有妈妈的气味，没有妈妈的声音，没有妈妈的笑脸。

我老是想："妈妈不在幼儿园，我为什么要在这里？"

我还很生气："为什么不让我回家？我要回家！"

那时，我明白，只要天黑，我就在家，只要天亮，我就要上幼儿园，我知道，周六、周日可以不去幼儿园。

所以，第二天早晨，太阳升起来，妈妈拉开窗帘。我就哭叫："把窗帘拉得屎屎（死死）的！屎屎（死死）的！"

好像这样就能一直天黑。

我喊着："妈妈，我要睡，我要睡！我要一觉睡到星期六！"

不过，再怎么说，我也没法睡到星期六！再怎么拖延时间，都还是要去幼儿园。

第二天，妈妈把我从那个特别大的幼儿园，换到了一个小幼儿园。音乐在屋子里飘荡，老师笑眯眯的，小朋友们也不哭。

我感觉好多了。

所以，一开始就上特别大的幼儿园，其实，并不一定是件好事。

虽然我感觉好多了，但开始的几天，每次到幼儿园，我都准备好了要大哭一场。

有时，妈妈怕我哭，就在路上讲故事。

快到幼儿园了，我说："别讲了，别讲了，下午再讲!"

看着幼儿园的楼，慢慢出现，我就做好开始哭的准备！

一定要哭着跟妈妈"再见"，是早晨里我的一个固定仪式。

后来，我发现，在这个小幼儿园，我们可以把老师叫做："孙妈""朱妈""赵妈"……

放学时，老师说："各回各家，各找各妈！"

我也知道了，妈妈一定会来接我！她不会把我扔在幼儿园！

而且，班里小朋友不多，我们认识了就一起玩!

幼儿园，对我来说，不再那么可怕了！

我还发现，上幼儿园，有很多好处：

漂亮的大积木，家里没有，幼儿园才有；

家里就我一个人，幼儿园有很多小朋友一起玩；

幼儿园，有大滑梯，有轮胎秋千，有吊索桥！

在幼儿园，每天能看到、听到很多有趣的事！

还有，好多小朋友都在幼儿园里过生日！我能吃到好多生日蛋糕。

不知从什么时候开始，在幼儿园的时间，不再像是蜗牛爬，一天天变得像赛跑，

越来越快了!

　　我忘记了上幼儿园"一定要哭"的仪式,每次冲妈妈"再见"后,就赶紧跑进去找小伙伴玩!

　　而且,在早晨,妈妈拉窗帘的时候,我不会再哭着大喊大叫了:

　　"我要睡,我要睡!我要一觉睡到星期六!"

幼儿园的大菜包和炸酱面

幼儿园，星期三下午，四点，小朋友都在玩，我却是个例外！

踩着板凳，伸着脖子，透过玻璃，眼睛紧盯着下面，

在干吗呢？

我在等！

等什么呢？

等幼儿园的大包子出炉！

我用数数的办法让时间过得快：

"1、2、3、4、5、6、7、8、9、10"

"1、2、3、4、5、6、7、8、9、10"

"1、2、3、4、5、6、7、8、9、10"

……

窗外的阳光暗下来，厨房的烟囱冒白烟。

"太阳下山了，大包子，怎么还没好！"我嘟囔着。

不知道数了多少个"10"，我一眼看到，朱妈从厨房里走出来，手里端着的就是白胖胖、热腾腾的大包子！包子上楼了！包子上楼了！包子上楼了！

我赶紧从板凳上下来，一溜烟儿往洗手间跑，没提鞋跟，差点撞墙！

洗完手回来，小朋友们才刚刚排着队要去洗手呢！

白胖胖的包子，好像在叫我快点吃它们。

我拿起一个，咬上一口，软软的，嫩嫩的，又香又鲜真好吃！

朱妈回头，我腮帮子鼓鼓的：

"哈哈！你又是第一名！"

我一边往嘴里塞包子，一边点点头。

"唉，都像你这么吃饭就好了！我可省事了！"

吃包子，我有一个合作伙伴，叫豆豆。

豆豆只吃皮儿，不吃馅儿！

我皮儿和馅儿都爱吃，但更爱吃馅儿！

我自告奋勇，帮他吃馅！

香香的芹菜肉、有点甜的胡萝卜鸡蛋、油油的豆角肉……

每次吃包子，我能把每种馅儿都尝到！

过了周三，我数着指头盼周五。

又是煎熬的一天！

为什么？

因为幼儿园下午要吃炸酱面！

到了下午，我时不时从窗户往下看厨房里有没有要开饭的动静。

终于，炸酱面上桌了！

面条弹弹的、滑滑的，上面放着红烧茄子或是肉沫豆角的汤汁。

别的小朋友吃一碗，我狼吞虎咽，差不多吃五碗，再问老师要。

朱妈瞪着眼睛瞧我：

"拜托，可不可以不要这么吓人！我才吃两碗！看你的肚子，撅起来了，哎呀妈呀！这大西瓜肚子！"

她夸张地"怕怕"，我知道，朱妈最诚实了，她的"怕怕"不是装的！

因为，妈妈来接我，朱妈都不敢看我妈妈，她一只手挡住脸，另一只手远远地伸出去，带着哭腔：

"林林他妈，五碗！今天，这孩子又吃五碗，还要！我没敢给他！"

妈妈嘟起嘴，看着我，无奈极了。

我知道，每次送我到幼儿园，妈妈都用很小、很小的声音对朱妈说："林林有点胖，让他少吃点哈，谢谢，谢谢！"

妈妈说这些话时，背过身子，偷偷的，好像我听不到似的，可我听得很清楚呀！

不过，吃得多，不能怪我，怪就怪，幼儿园的大菜包和炸酱面，也太好吃了吧！

夕阳下的轮滑队

　　星期三下午，如果你在我们幼儿园，一定能看到操场上有二十几个穿着轮滑鞋纵身飞驰的孩子，这其中，就有我。

　　这天中午，一想到要滑轮滑了，我才睡不着！

　　我睁大眼睛，盯着米老鼠时钟，盼望着那根胖胖的时针，赶紧走到"2"，我想起床！

　　朱妈走过来，我闭上眼睛。

　　朱妈走过去，我马上睁开。

　　有时，我忍不住，轻轻地叫：

　　"朱妈，朱妈——"

　　朱妈走过来："你怎么还不睡？"

　　"下午，是不是上轮滑课？"

　　"是呀，你激动得睡不着？"

　　我点点头，"哈哈"地笑出声，

　　朱妈撅起嘴、板起脸、手指头放在嘴上，使劲地"嘘——嘘——"

　　终于听到有小朋友"哼哼"地醒了，到时间，能起床了！

　　大家开始穿轮滑鞋。

　　有的小朋友，起床慢，穿鞋可快！

已经站起来自由自在地滑了!

我恨不得把脚丫子一下塞进鞋里去!

可就是进不去,我的脚又胖又大,轮滑鞋真难穿!

"检查一下自己的鞋子,穿不好鞋子可是会摔跤!"

我只能好好地穿上鞋子。

开始上课了!

我们学过一年了,现在正在特训!

幼儿园的楼前,有一片水泥地是我们的小操场,小朋友们,一个接着一个一圈圈地滑。

"扑通!"有人摔倒了,我们不害怕,都觉得好笑!

有时,我装作摔倒,让大明滑到我前面,然后,我再突然冲到前面吓他一大跳!

趁老师看不见,我们玩起了游戏:

把对方看成"坏蛋",有人摔倒的同时,我们一边滑一边做出瞄准射击的样子。

"扑通！""咚咚！"

好像不是他自己摔的，而是被我们的子弹打倒在地的！

我们互相配合，倒地的同时，"啊——嗷儿"来一声装死的怪叫。

这时给我们上轮滑课的张教练一字一顿地说：

"不 许 乱 叫！"
 · · · ·

可这句话，好笑极了，尤其是最后两个字：

"乱 叫！"

声音很大，听上去就是乱叫！

"张老师乱叫！张老师乱叫！"

我们哈哈大笑，倒地的人就更多了！

一幕超级有趣的"你倒，我倒，大家倒"上演了！

闹归闹，可是我们认真地滑起来，自己也觉得威风！

一次，老师邀请家长来看轮滑展示课，那天，爸爸请假，来看我滑轮滑，我感觉特别骄傲。

因为，轮滑，是一项挺"男子汉"的运动，比起妈妈，我更愿意滑给爸爸看。

教练一声令下，我们飞了出去！

弓起身子，昂着头，故意看也不看爸爸一眼！

我滑得飞快，到指定地点，腾空飞跃了两下。

"嘿嘿，要让爸爸看看我的'绝活儿！'"

我没看爸爸，但能感觉到他：爸爸站在远远的地方，一直看着我！

拐弯时，我用余光偷偷地一瞥：

哈哈，爸爸半张着嘴，一脸紧张，还拍手为我鼓掌！

看来，他是知道了"他的儿子真够牛！"

轮滑课，一上一下午，不用进教室。

有时天色晚了，夕阳下，我们一圈一圈地滑，小区里很多人都围过来看，连树上的小鸟也看得"喳喳喳"叫个不停。

滑完轮滑，我一身大汗，衣服都湿了，教练拍拍我的肩膀：

"小伙子，够壮！滑得不错！"

朱妈和赵妈说："这一身汗，快套衣服，滑轮滑肯定减肥！"

我坐下来，高高兴兴又无比艰难地脱下鞋子，双脚一下子解放了，轻飘飘的，好像能蹦到云彩上！

幼儿园的轮滑课，可以用两个字来形容：

酷！爽！

幼儿园里赶大集

菜市场才赶大集，怎么幼儿园还赶大集呢？

听我慢慢给你讲。

这天下午，老师说："明天举行赶大集活动，小朋友们可以把家里不想要的东西拿来卖掉！"

回到家，我把玩具箱里的东西全倒出来，挑来挑去，最后下决心把一些放回去，剩下的就是要卖的。

这里面有陪伴我多年的小火车，有刷了一层红油漆、亮晶晶的小汽车……

真有点儿舍不得，可想起明天赶大集，要有点好东西才行！

厨房的盒子里，有三包咸鸭蛋，一包两个，上面写着"微山湖双黄鸭蛋"。

"一定有人喜欢吃鸭蛋！这个卖得出去。"我把它们和玩具都放进小背包。

晚上，我让妈妈找一张大卡纸，妈妈找到一张红色的，问：

"用纸做什么呀？"

"卖东西，总要做广告吧！你帮我写几个字吧！"

"写什么呢？"

我想了想，让妈妈写：

"现在不买，永远后悔！"

妈妈把八个字写得大大的，我用彩笔描上了不同的颜色，远远地看上去，又好看又显眼！

卡纸太软了，立不住，妈妈帮我在后面粘了一层纸壳。

一切都准备好了，我盼望着明天，进入了梦乡。

第二天，到了幼儿园，老师已经在操场边的水泥路上画好了摊位，我找到"巴赫班"，把东西摆出来，广告正好立在旁边的大树上。

小朋友们忙着摆摊！花花绿绿，什么都有。

很多人来赶集，看看这，看看那，有小区里的爷爷奶奶，叔叔阿姨，也有幼儿园里的老师。

集市上热闹起来。

卖东西的排成一排，从这头往那头看，一眼望不到边。

买东西的排成一排，从那头往这头看，一眼望不到边。

卖书、笔、纸、橡皮、玻璃瓶、糖葫芦的，到处都是，更别提洋洋卖的干脆面了！

可她哪里是卖，"嘎嘣嘎嘣！"她一声不吭地大吃特吃。

我想她一定是把赶大集卖东西，当成了"好吃你就多吃点"的展示会了！

这么多摊位中，我的摊儿小小的不起眼。

可我的东西多好啊！一定有人来买！

我给自己打气。

光打气没用，跟妈妈赶集，谁吆喝的声音大，谁摊儿前的人就多！

想到这，我咽了口唾沫，提溜起鸭蛋，吆喝起来：

"哎——，双黄咸鸭蛋，一块钱一包！"

好多人围上来。

"一块钱一包，我全买了！"一个阿姨说。

一个爷爷说："我买两包！"

"一共三包，你们分了吧！"

他们给我钱，把鸭蛋拿走了。

有人问："还有吗？"

我摇摇头，"没有啦！"

看得出，她有点失望呢！

哈哈！看来，我的鸭蛋真受欢迎！

一个阿姨笑着说："小朋友，这鸭蛋，你可卖赔了！"

我举起手上的三块钱给她看！

"我挣到钱了！不赔，不赔！"

老奶奶指着小汽车问我："多少钱，你这个汽车？"

我摸摸红红的小汽车，低下头想了想：

"嗯—— 多少钱呢？五十块！"我伸出一只手。

"五块吗？"

"五十块！"

"这么贵呀！"老奶奶笑了，她拉着小弟弟，边走边说：

"小哥哥不想卖！让小哥哥留着吧！"

奇怪，她怎么知道我的心思呢？

"我想不想卖呢？"

我拿起小汽车，看了又看，真的有点不想卖。

光想着挣钱也挺没意思的，过了一会儿，我在摊上待够了。我把玩具塞进背包，现在，我有钱啦！可以买东西了！

有个卖毛绒玩具的小女孩喊我："买个美羊羊吧！"

我摇摇头。

这些钱可是我好不容易挣来的，才不会买那些我不喜欢的东西呢！

走了一趟，整个大集上最让我眼馋的，就是棉花糖了。

"卖棉花糖喽！棉花糖！"

棉花糖好像是在吆喝声中飘出来的一朵朵大白云，比小朋友的头还要大。

我凑过去，好神奇，有魔法！

那些糖粒粒，从口袋里倒出来，有点黄、有点白，散发着有点糊味儿的香甜。

那个叔叔只是两手在空气中，绕呀绕呀，就会飘出一些白色的丝丝，缠呀缠呀，就变成一朵"大白云"！

他笑呵呵地给很多小朋友做"大白云"。接过"大白云"的小朋友，一下子就看不见脸了，只看见舌头在"云彩"里舔呀舔呀！

我站在那里，看了好长时间，突然想起我有钱呀！

我要买一个，刚要掏钱，就听到老师喊："集合了！集合了！"

大家"哗啦啦"地跑开了。

我看了看棉花糖，舔了舔嘴巴。

来不及了，怎么办呢？要不留着钱给妈妈看看！吃掉了多可惜！

这么一想，我就跑去站队了。

这次赶大集，我的玩具一个也没卖出去，我开心地把它们带回家。

妈妈买来的"微山湖双黄咸鸭蛋"，被我成功清仓了！

我收获了人生道路上的"第一桶金"。

悄悄话：我记得很清楚，第二天，洋洋发高烧没上幼儿园，她一定是吃干脆面吃的，小时候，我一吃干脆面、方便面，就容易喉咙痛，发起烧来！洋洋说不定跟我一样。

买糖果的战斗

我爱吃糖，我感觉，吃糖与胖，没有关系！

爷爷胖，爸爸胖，姑姑胖……我呢，就应该胖。

可家里唯一苗条的妈妈，不同意我的真理。

"少吃糖，多运动，你可以不这么胖！"

买糖这件事儿，时间长了，我有了战斗经验。

我们幼儿园右边，有个小卖部。妈妈来接我，我知道，要糖没用，就扭过头，大步流星地走过去，

"垃圾食品，臭屁屁屁！"我看都不看一眼小卖部。

妈妈很高兴，回家做饭就给我做好吃的，豆角炖肉、小鸡蘑菇、虾仁豆腐。

爸爸来接我，我非得拽着他去小卖部，买棒棒糖吃。

我是个"两面派"：

不给我买，我就喊他"大屁爸爸！"在车上，乱叫一气！

要是给我买，我就一边吃糖，一边夸他：

"我是小熊，你是世界上最好的熊爸爸吗？你是！"

"爸爸无敌，爸爸'金左手'，爸爸乒乓球最厉害！"

……

有一次，爸爸给我买了一个特大号棒棒糖。

回家了，妈妈看见，板着脸、瞪起眼：

"天哪！这么大的糖，可不能全吃了！"

我眼睁睁看着她把剩下的一半棒棒糖，扔进了垃圾桶。

太心疼了！要不是垃圾桶里有鱼骨头，我一定拿出来！

从那以后，从幼儿园回来快到家时，要是我的糖还没吃完，我就赶紧用我的"铁齿铜牙"，"嘎嘣、嘎嘣"把糖嚼了。

嚼糖，有技巧！不能太用力，不然一下子进肚，没尝到味道！

要试着慢慢发力，把糖咬碎，糖块块、糖渣渣，能含在舌头下，藏在牙缝里，舔半天，妈妈也发现不了。

那段时间，我和爸爸是一伙儿的！

爸爸也爱吃糖。

爷爷说过，爸爸小时候，有一回过年，一次吃光了一盒子，一斤多糖！他的那颗牙，就是糖虫子啃掉的！

在我的鼓励下，爸爸一般都买两块棒棒糖。

"爸爸，你吃块糖吧！"

"好吧，我一块，你一块，咱俩吃完了再走！"

我使劲地点头，让爸爸先选口味。

我俩常买一种好吃不贵的棒棒糖，和大山重名，叫做"阿尔卑斯棒棒糖"，有红、黄、蓝、棕、白五种颜色，草莓味儿、哈密瓜味儿、香草味儿、巧克力味儿、奶油味儿。

爸爸会选香草味儿，我选奶油味儿！

把糖纸小心地剥开，大大的糖球露出来！

我和爸爸都笑了！

我们把两块糖球，时不时地碰一下，像小时候玩"顶牛牛"。

坐在幼儿园的操场边上，我们一边吃糖，一边看着太阳渐渐西沉，看着小鸟啄着面包渣，享受着棒棒糖在我们嘴里出出进进，浓郁的香味儿在舌尖上久久地回荡。有时，我尝尝爸爸的，爸爸也尝尝我的！还约好，下一次换个口味儿吃。

就这样，父子俩的"糖球时光"，美美地过了一阵子。

可后来不知道为什么，爸爸突然叛变了！

有一回，我闹了半天，爸爸也不给我买糖。

"坏爸爸！坏爸爸！大屁爸爸！"

上车后，我不停地叫，还用手挠他的耳朵和头发。

以前，他都摇头晃脑地躲开，可这次，他把车停在了路边。

"请你下车！"

"啊？！"

我吓坏了，大哭起来。

爸爸不退步，直到我保证他开车时不再捣乱为止。

几次下来！我终于得出结论：爸爸妈妈，联合起来不让我吃糖了！

我真受不了！我拿小玩具跟小朋友换糖吃，可吃也吃不痛快！

渐渐的，我发现水果的甜味，也很不错。

或者是，我怕牙疼。

也许，我长大了一点吧。

我变得不那么爱吃糖了。

有时，我有机会得到很多糖果：

跟妈妈去参加婚礼得到一盒子系着蝴蝶结的喜糖，

过新年拜年，很多人往我口袋里塞糖……

但再多的糖，我也不像以前那样一次吃光了。

妈妈好像也变了，家里的茶几上，居然放着一盒糖。

她还告诉我，小时候她不喜欢吃糖但是喜欢漂亮的糖纸。她问我喜不喜欢糖纸？

我告诉妈妈，要是以前，我希望帮她吃糖，给她糖纸。可现在，糖太多了，我不爱吃了，我也不喜欢糖纸。

又过了一段时间，我发现了一件事：

不常常吃糖，吃糖时，会感觉更甜蜜。

悄悄话：说实话，今天，那些糖的味道，我忘了，可是，和爸爸一起吃糖的美好时光，我永远也忘不了。当时，爸爸"叛变"的原因我一直没弄清楚，后来才知道，爸爸小时候被虫子吃掉的那颗牙，花了一万多块钱才种上了新的，而且种牙时很难受，爸爸担心我的牙也会坏掉，所以就支持妈妈不让我吃太多糖了。

小人兵时代

豆豆来到了我们班，我们班进入了一个新时代，那就是大名鼎鼎的"小人兵"时代。

所有男孩子都玩"小人兵"，我也成了"小人兵迷"。

每天下午自由活动，我和豆豆坐在窗前，我们的心沉浸在画里，沉浸在，遥远的战场上。

"豆豆，林林！""林林，豆豆！"

朱妈叫了好几遍，我俩都听不见，我们正忙着指挥千军万马呢！

小人兵们个个拿起超级无敌的秘密武器，冲向战场。

这个把敌人打倒，那个把坦克炸掉。

战斗场面异常激烈！

你可能会问："什么样的小人兵呢？"

我们的小人兵，不是乐高玩具里的小人兵，

玩具里的小人兵和他们的武器再多，也不过就是那些！

我们的"小人兵"变化无穷，是一些能源源不断增援、最最勇敢什么都不怕的小人！

他们的样子、武器、本领、诞生的速度，都取决于我们的手腕和彩笔！

一张大纸，一线分隔，我们各自框出一个阵地，然后画出兵阵，空出战场，两军对立。

28

战火中，对方的小人兵越来越多，我也飞速地画出更多的小人兵。

他用坦克来打我的骑兵，我赶紧画出飞机来炸掉他的坦克。

他用导弹向我的飞机开火，我马上画出一群降落伞兵拿着超级金盾，阻截他的导弹！

我们是指挥官，想画什么就画什么，各种武器，层出不穷，一个接着一个，一批接着一批，就看谁想得快，画得快，威力更厉害！

我们的嘴里发出"咚咚咚"的炮声，"哒哒哒"的枪声，"啾啾啾——"子弹飞过的声音……很快，小人兵们，布满了整张纸！

新的阵地，新的战斗，又会在另一张纸上，继续进行。

　　这个"小人兵"时代，持续了将近一年，随时随地开战，大家玩得痛快，也不像真的打仗一样又哭又叫，老师也愿意看我们玩这个游戏。

　　后来，豆豆毕业上小学了，离开了幼儿园，"小人兵"时代，就像大海退潮一样，渐渐平息。除了我，没有人再画"小人兵"了。

　　我还是常常画，一路战车兵，一路铁骑兵，自己和自己打得激烈。

　　我是小人兵时代的继承人！

"斗龙卡"风波

豆豆来到我们班，不仅带来了"小人兵"，还带来了"斗龙卡"！

豆豆有满满一袋子斗龙卡，他一张一张给我们看，那些龙千奇百怪，真是卡片中的"侏罗纪"！

每张卡片后面，写着"攻击指数"和"防守指数"，谁的卡片多，谁就有更大的战斗力，可以快速打败对方，赢更多的卡。

幼儿园门口的小店里有斗龙卡，每个人都攒了一大包。谁不想在"斗龙大战"中当个"常胜将军"呢！

我没有斗龙卡，妈妈不给我买：

"上面的龙黑乎乎的，多丑恶，一点不美！"

"在地上玩来玩去，又揣在兜里拿在手里，多不卫生！"

"蹲在那里玩卡片，一点都不活动！有什么好呢！"

……

别看妈妈不给我买，我还是有办法弄到一些卡。

怎么办？

通过劳动来换！

给果果搬椅子，果果给两张；

帮佳佳拿东西，佳佳给一张；

替明明擦桌子，明明给三张……

我还悄悄拿玩具来换，渐渐的，我也有了一大摞卡。

每天，我和豆豆都把卡放在幼儿园，豆豆觉得拿回家麻烦，我是不能拿回家，怕妈妈看见。

就这样，一场"斗龙卡风波"席卷了我们班。

一天早晨，到了幼儿园，我和豆豆发现："斗龙卡"不见了！

豆豆到处找，我到处翻，奇奇弯着脖子，果果瞪大眼睛，乐乐扭着身子乱转……大家都很愤怒，个个喊着：

"谁偷了斗龙卡？！"

我们互相怀疑，吵来吵去，哇哇乱叫。

"昨天下午卡片还在，一定是晚上有小偷，进了幼儿园！"

我这么一说，大家都紧张起来，个个当上了小侦探。

大家分散到别的班去找线索，跑来跑去，互相报告：

"贝多芬，没有卡！"

"爱迪生，看不清！"

"牛顿，不知道！"

……

大家更紧张了，豆豆说："一定是翻窗户进来的！"

我想了想，"也许人没进来，钩子进来了！一定是用钩子，把袋子像钓鱼一样，钓出去的！"

偷斗龙卡的人，成了武林高手，会飞檐走壁！

越说越害怕，越害怕越想说。现在，所有人都在想一件事：

"斗龙卡"到底是怎么被偷出去的？

乐乐最聪明，他建议赶紧去找福尔摩斯。

福尔摩斯太远，要不，先报告老师吧！

"朱妈、朱妈——快来！"

朱妈冲进来："一大早，吵吵闹闹，一群小麻雀！你们说什么，什么斗卡龙！"

豆豆委屈地大喊：

"不是斗卡龙，是卡斗龙！"

"哎呀，不是，不是！是斗龙卡！"

"斗龙卡丢了！"

豆豆哭起来，我也想哭。

我的卡，一张一张，来得多不容易！

"斗龙卡，长什么样？"

"就是、一些、画着龙的、卡片！"豆豆哭得喘不上气。

朱妈想了想："啊，我知道了！昨天幼儿园大扫除，有两个脏乎乎的袋子，里面的东西更脏，黑不溜秋、破破烂烂的，统统清理掉了！"

豆豆愣了，继续哭，我哭得更大声，大家也哇哇叫，不管怎么说，这回谁都不用"破案"了。

下午，手工课上，朱妈拿来一大堆硬卡纸，教我们做起各种各样的卡。有动物的、有枪的、有交通工具的。

我画了一些汽车卡，豆豆画的是恐龙卡，奇奇画的是精灵卡，佳佳画的是公主卡，乐乐画的是蝴蝶卡。我们在卡片的后面画上"战斗指数"。

大家你看看我的，我看看你的，互相换来换去，这些卡片很好玩，不比小卖部里的差！

渐渐的，大家不去小卖部里买卡了，也不再玩斗龙卡了。

有时，我在操场上看到一张脏脏的斗龙卡，以前我会赶紧捡起来收好，现在，我不捡了，也没有人去捡。

我想，最后，它一定是变成垃圾了。

悄悄话：我们幼儿园的班名是用人的名字来命名的，像是贝多芬、爱迪生、牛顿……我在巴赫班。

他们都是为这个世界作出各种贡献的伟人。

幼儿园里的泳课

夏天到了，幼儿园开始上游泳课啦！

一个阳光明媚的日子，老师用面包车拉着我们来到舜耕国际会展中心的游泳馆，我闻到游泳馆里有一股潮湿的味道。

走进更衣室，我把泳镜、泳帽、裤头认真地排在一起。

大家都怕被人看见光屁股，动作可快了！

戴上游泳帽，变成光头小和尚，夹上鼻夹，成了鹦鹉，戴上泳镜，像个外星人，互相看看，真好笑！

从更衣室到水池的路，简直是从热带雨林走到南极，我冻得直哆嗦，心想，忘了披着大棉被来了。

"哎呀！好大的池子！"

"看，那边好多小池子！"

"水那么深，淹死啦！"

我战战兢兢地走到一个小池子边，一不小心，半条腿滑进了水里。

"好凉！"

我打了个寒颤，这一颤，"扑通"掉进去了！

"救命！救命！"

叫完以后，我发现，我站在里面，肩膀露在外面。

我猛一拍脑袋："妈呀！水怎么这么浅！"

"我真傻，热水、凉水都分不出来！"

原来，这是儿童训练池，水温温的，舒服极了，看来，刚刚不是寒颤，一定是吓了个哆嗦。

"集合了！"教练喊我们。

"下面做准备活动！"

游泳馆有回声，教练说一句，我们听着是两句。

"站好了，扩胸运动，开始！"

"一二三四、 二二三四、三二三四、 四二三四！"

"又不是跑步，扩胸运动干什么呀！"豆豆嘟囔着。

"游泳前必须热身，做准备活动，不然容易抽筋儿，动作也做不好！"教练大声告诉我们。

"蹲步压腿开始！一二三四……"

"下面，大家看我的动作！"

教练趴在地上，"一、二，伸胳膊、蹬腿！"

"看明白了吗？"

"明白了！"

"这谁不会！"

"全体趴下！"

我们趴在地上，教练喊"一、二，伸胳膊，蹬腿！"

"谁让你伸脖子啦！"

"你撅屁股干什么！"

"像青蛙，你这是乌龟！"

　　教练纠正我们的动作。看来，还真不简单！

　　明明说："乌龟也会游泳，为什么不学乌龟？"

　　"听说过蛙泳，听说过龟泳吗？"

　　明明还伸着脖子，乱划胳膊，
教练说：

　　"要不，你发明龟泳吧！
一会儿小朋友都是青蛙，

就你一只乌龟！"

"别啦，我还是当青蛙吧！"

大家都笑了。

开始下水啦！

有的小朋友说什么也不下水，教练让他下水，他就哭，就在岸上练习动作。

不用说，我当然是最敢下水的！别忘了，我掉进水里一次了！

戴上浮漂，在水里平躺着，我舒舒服服地感受着水的浮力，身子轻盈地左右晃动。

我们跟着老师在水里做青蛙的动作，虽然不太习惯，却总见过青蛙怎么游，想着那个样子，脚就蹬起来了！

看来，学游泳可以跟老师学，还可以跟青蛙学。

每个周的两次游泳课成了我们最期盼的事！因为中间休息的时候，我们可以在温泉池里打水仗，玩水球，每次都水花乱飞，哪吒闹海。

可游泳，也有讨厌的事，就是上厕所不方便。

每次上厕所，要先打报告，游到池边，爬上岸，蹚过凉水池，跑到更衣室，要是有人，就一直等，所以，大家都不喜欢上厕所。

有一次，我在游泳，突然想小便，老师正讲着胳膊怎么向前伸，我实在憋不住，尿到了水池里。

"大家在我的尿里游泳可怎么办？"真是丢人。

后来，听好多小朋友说，他们也尿到了水池！

天哪！原来，我们在尿里面游泳呢！

有个小朋友捏着鼻子说"腌骚嘎嘎尿咸菜啦！"

老师知道了，告诉我们小便要打报告，出去上厕所，说尿到池子里不卫生，还要罚款五十元！

"放屁，要不要出来？"大宝问。

"放屁？！不用出来！"

大家在水里乱笑！

"别笑了，容易呛水！"教练生气了。

"报告！尿尿！"

"报告，我也尿！"

"报告，我尿！"

"报告！"

"报告！"

……

"干吗？一个尿，都尿！"

"报告！青蛙都是集体上厕所！"

"胡扯！一个个去！"

"憋不住！"

"我先去！"

"我要尿啦！"

……

"事儿真多！都去吧！"

地板很滑，我们摇摇摆摆，哪是青蛙，分明是一群小蛤蟆，一边走，一边做鬼脸，教练在水里也没办法。

我学得很快，几节课过去，我浮漂里的气，一点一点被老师放掉了，终于没有一点气了，瘪瘪的，但我仍然害怕摘掉浮漂。

老师说："你就带着吧，没有浮力了，只是心理安慰！"

"你已经会游泳了呀！"

我不相信，没了浮力，我一定会沉！我在水里手忙脚乱，快速地滑动着胳膊，腿也乱蹬。

"扑通，扑通！"

"哗啦，哗啦！"

比平时带着浮漂的动作，快了一倍，越快越扑腾，越扑腾越往下沉！

老师朝我喊："慌什么？一、二，保持动作！"

我放慢了速度，把胳膊和腿使劲地伸展开。心里念着：

"一、二，伸胳膊，蹬腿！""一、二，像只青蛙！"

终于，又浮上来了！

掌握了动作，我发现，游泳中最重要的技能是：呼吸和换气。

头扎在水中，不能用鼻子呼吸，不然鼻子酸疼酸疼的，还会咳嗽。

头从水里上来，要深深地吸一口气，头沉下去，要慢慢地吐一口气，戴着泳镜，会看到有很多小气泡，从眼前飘走。

一浮一沉，一呼一吸，一次呼吸，一组动作，绝不能慌，越慌越往下沉！

终于，最后的三次课，我摘下了浮漂！

我先试着游了一小段距离，"妈呀！"喝了一口水，但我感觉自己是浮着的，不会沉下去！

慢慢地，我不害怕了！可以游到对面了。

最后一节课，我终于成了一只合格的青蛙！

现在想想，那真是一段蓝色的美好时光。

幼儿园里的大傻事 ^贰

想起幼儿园时的大傻事，
肚子都要笑爆了。
傻得冒热气，
傻得一团糟，
傻得很快乐，
傻得忘不了！

没有水也能玩泥巴

有一回，我想玩泥巴，泥巴是干的，硬邦邦的。

"这么硬？不好玩！"

"哪里有水呢？"

教室有水，可老师不让泥巴进屋呀！

"怎么办呢？"

"哈哈，有了！"

我看看，没有人！

我来当"小英雄"吧！

妈妈讲过一个故事，有个小英雄用尿灭火，救了很多人。

我不灭火，我帮助泥巴。

我对着泥巴，尿了泡尿，"哈，刚刚好！"

我搅和搅和玩起来！

做个小人，真威风，就是有点骚嘎嘎！

建座房子，真漂亮，可惜房间骚嘎嘎！

做张大饼，圆又圆，吃一口呀，骚嘎嘎！

捏个怪兽，真无敌，把你熏倒，骚嘎嘎！

一台吊车，真厉害，吊块泥巴，骚嘎嘎！

一只小鸭，嘎嘎嘎，看看谁是，骚嘎嘎！

……

我一边捏泥巴，一边自己配音，太好玩了！

就是手黏黏的，"骚嘎嘎，骚嘎嘎，这是股什么味儿？"

"妈呀，我要晕倒啦！"

赶快洗好手，不然，小朋友们肯定会说，我是从马桶里捞出来的。

注释：妈妈讲的故事是《撒尿的小英雄》，讲的是比利时的小男孩于连用尿浇灭敌人的导火索，保护了首都布鲁塞尔的市政厅和人民安全。

44

空气摇滚吉他

我一直希望有一把吉他，可我就是没有。

因为，我在拉大提琴，妈妈说等我长大了一点，学好了一件乐器，再去学吉他。

我很喜欢大提琴，不过，我真的很想弹吉他。

弹吉他多酷呀！

我看到很多特别帅气、特别潇洒的人，手里面都是拿着一把吉他，可以在风中、在草地上、在想唱歌的日子里，抱着吉他，尽情弹奏。

"噌噌噌，噌噌噌，噌噌噌噌噌噌！"

不知道从什么时候开始，我有了一把"空气吉他"。

每次做操前，我总是双手抱着我心爱的"空气吉他"，闭着眼，陶醉在这没有声音的音乐里，其实，我的心里正唱着呢！

"噌噌噌，噌噌噌，噌噌噌噌噌噌！"

我前仰后合，头一甩一甩，嘴巴也随着演奏需要，夸张地用力扭着，我把"空气吉他"竖过来，横过去，弹得很疯狂，就像真的一样。

"噌噌噌，噌噌噌，噌噌噌噌噌噌！"

每次看我这样，很多老师和小朋友都指着我笑，我更来劲了，好像是乐队在表演、观众在喝彩一样。

"噌噌噌，噌噌噌，噌噌噌噌噌噌！"

后来，我有了一把尤克里里，弹起来，就像吉他。

"噌噌噌，噌噌噌，噌噌噌噌噌噌！"

我终于弹出心中的音乐啦！

糊里糊涂笨海盗

　　我特别爱藏宝，心爱的玩具就是我的宝藏，一个玻璃球是宝藏，一个小飞机也是宝藏，我经常藏来藏去。

　　这一次，我盯准了妈妈玻璃柜里的"金猴子"，金猴子挑着一个如意扁担，扁担上挂着一个金灿灿的大仙桃，我摘下来用手掂了掂：

　　"好沉呀！果然是宝贝！"

　　有了宝贝，我就开始藏宝！

　　我是海盗，院子里的小树林就是我的宝岛，我坐着"小船"登上宝岛，把宝藏藏起来。

　　挖一个洞，放上金桃子，铺上一层石头，盖上一层土和树叶。

　　四处看看，一个人都没有，哈哈，这下可藏好了！

　　第二天，我回去挖宝藏。

　　"放哪里了呢？"

　　我挖了好几个大坑，也没找到。

　　找来找去，就是没有！

　　"到底藏到哪里了？"

　　"哪两棵树的中间呢？"

　　天越来越黑，我拿着小铲子，东挖两下，西挖两下。

"怎么没有啦！"

"妈妈，金桃子没了，找不到了！"

我哭得上气不接下气。

"那么容易找，哪里是宝藏啊！"妈妈笑着安慰我。

第三天，我又去找，还是没找到我的金桃子。

"宝藏找不到，说明你藏得好！"

"金桃子丢了！"

"没有丢，只是在一个地方藏着呢！"

妈妈没批评我，可是，金猴子的扁担变得空空的，他要是会说话，一定会说："把我的桃子还给我！"

或者，他能找回金桃子吗? 金桃子，到底被我藏到哪儿了?

我真想知道！可到现在，我也不知道！

我真是个糊里糊涂的笨海盗，害得这个"金猴祝寿"，永远只背着一个空扁担。

为了让小猴子不生气，我给他挂上了一个小葫芦。

"金桃子没了，就背上宝葫芦吧！"

我下定决心，下一回再藏宝贝，一定要先画一张藏宝图，不然，就只有把宝藏坐在屁股底下了。

肥皂润肤霜

有一次，幼儿园停水了，没法洗手，我想出了一个好办法。

我在手上，抹上肥皂，使劲地搓，正着搓，反着搓，直到肥皂都干在了手上，闻起来香香的。

我举起手，给别的小朋友看：

"世界上最好的肥皂润肤霜，不用洗，就干净！"

就这样，大家都抹上"世界上最好的肥皂润肤霜"。

"肥皂用得真快，早晨一大块，下午成了一小片了！"

老师可不知道，肥皂用得快，是因为我发明了超级好用的"肥皂润肤霜"！

后来，幼儿园有水了，我还是常常抹上"肥皂润肤霜"。

"真香香！"

直到我吃包子的时候，"是香皂包子吗？好难吃！"

老师说："你洗手是不是肥皂没冲干净？会腐蚀手的！"

我听了赶紧跑去把"肥皂润肤霜"洗掉了，以后再也不这样做了。

密码语言

有段时间，我觉得只要人和人的心灵是相通的，就能听懂对方说的一大串古怪的密码。

眼见为实！

一个老师说："肚又汗舞鹅不刻？"

另一个老师不但听懂了，还笑眯眯地说："椰丝椰丝矮汗舞鹅不刻！"

我看的战斗片，解放军叔叔冲着对讲机说："咚咚药酒土豆六！"

另一个解放军叔叔说："收到！明白！"

看！密码语言，果然都能听得懂！

于是，我也开始发明自己的密码语。

见到小鸟，我说"鸟语密码"：

"叽喳叽喳叽喳，叽喳喳叽，喳喳喳！"

意思是："小鸟，小鸟，你好吗？你在干吗呢？"

在家里，妈妈说："快点，起床了！"

我在被窝里大声说："吗嚷滴，吗嚷，布鲁布鲁哗哗哗！"

意思是："我还没有睡醒呢，请你等一等！"

我发现小鸟听到我的"密码语"，不理我，一下子飞得远远的。

妈妈听到我的"密码语"，生气地把我从被窝里拽起来！

真奇怪！她们听不懂吗？

后来，我才知道，那两个老师说的，不是什么"密码语言"，而是英语！

解放军叔叔说的，也不是什么"密码语言"，而是之前约定的暗号！

唉！看来，我的密码语，只有我自己才能懂。

幼儿园里的节日 叁

幼儿园的日子，
一天又一天，
每天有每天的热闹，
在这些日子中，
总有些日子，
更让人期盼，
那就是在幼儿园
度过的节日！
中国的，外国的，
古老的，现代的，
只要是节日啊，
就那么有味道！
让人难忘！

新年

新年的那段时光，我最高兴了！

不仅因为一月一日，是新的开始，还因为新年里，来了一个老师教我们做巧克力！

整个教室，都弥漫着巧克力的清香。

那几天，我们的嘴都是黑黑的！

第一次做巧克力，老师拿来一个塑料盒子。

"巧克力，巧克力！巧克力！"

一股巧克力的味道，让我们尖叫着围住她看，不停地喊着。

"小鼻子真灵！新年要来了，我们学做巧克力好吗？"

"好呀！"

"好呀！"

"太好啦！"

我们欢呼着，看着老师，打开材料盒子。

一管一管的巧克力，满满的，挤了一箱子！

有黄、白、棕三种颜色。

还有一个箱子装的是橡胶模具！有动物的、交通工具的、植物的、枪的、还有恐龙的！

我是"恐龙迷"！

我一直盯着放在第四层的恐龙模具，老师说："开始拿模具了！" 我一下子站到了最前面，一下子抱住了恐龙模具，有小朋友来抢我的，我死死抱着，怎么也不放开！

最后，终于，每个人都有了模具！

我安心地拿着恐龙模具回到了座位上。

开始做巧克力了！

我拿起一个黄色的管子，小心翼翼地把里面的汁挤出来，一个模子一会儿就挤满了。

挤完一个，就挤另一个。

挤满模子的时间不一样，有的一下子就满了，有的慢一些。

有时，我还试着，在一个模具里挤上好几种颜色，成了五彩恐龙！

每个模子都是不同的恐龙，虽然别人不知道这是什么恐龙，可我个个都知道，家里的《恐龙大百科》都被我翻烂了！

巧克力做完了，老师让我们把模具都放在窗台上，一个个排好，晒太阳。

下午放学的时候，巧克力都干了，成了巧克力块！

好神奇呀！

虽然，我做的巧克力恐龙有些凹凸不平，可那也没关系，这才能表明是我亲手做的嘛！

而且，咬一口嘎嘣脆，味道棒极了！

幼儿园里的新年，是带着巧克力的香味儿，向我们跑来的。

元宵节

正月十五，元宵节来了！

元宵节的那天中午，我怎么也睡不着，偷偷地四处乱看。

原来，老师也没有休息呢！

一个老师，拿着一桶红豆沙，还有一个老师，拿着一大袋面粉，她们一会儿加点面，一会儿加点水，还揉啊揉，揉个不停。

呀！一下子就揉成了一个大面团，盖在面盆里。

我想，今天肯定有什么新鲜事！是做豆沙包呢？还是豆沙饼呢？

我盼着时间快点过，好赶紧起床揭开这个谜。

终于起床了，老师让我们排队去洗手。

"今天是元宵节，我们一起来做汤圆！"

哇，原来是做汤圆呀！

我还是第一次自己做汤圆呢！

老师手里团着一个小小的圆圆的白蛋：

"瞧，就像这样，轻轻地团，不要太用力！"

她一边做，一边告诉我们汤圆是怎么做成的。

轮到我们了，我开始下手：

拿起一个面团，放平，用擀面杖，压成面皮，拿在手中，再用筷子，夹一点点豆沙，像给玩具熊穿衣服一样，把馅儿包住，再用手心，轻轻地，团一团，一个汤圆就做成了。

"原来是这样啊！"我想。

以前，我总是奇怪，汤圆没有缝，里面怎么有馅儿流出来呢？

现在，我知道了，这些甜甜香香的馅儿是提前放进去的。

只不过，团呀团，汤圆看上去圆圆的，看不到缝隙了。

再看看，我盘子里的汤圆，大小不一样，有的皮太厚，有的快露馅了，可它们都是我可爱的宝贝，一个个白白胖胖，坐得稳稳当当，摸上去软软的滑滑的，像洋洋家的小白兔。

过了半小时，面板上已经有了一个壮观的方队了，"好香呀！"小朋友们都抽动着鼻子，是糯米跟豆沙混合的香气！

汤圆下锅了，老师让我们远远地看。

"咕嘟，咕嘟——"

汤圆在水里翻滚着，

"咕嘟，咕嘟，咕嘟，咕嘟——"

很快就认不出谁是谁的了，不过，那蒸气里的香味儿，飘满了屋子，不忍着，就要流口水了！

捞汤圆了！

"呼啦啦！"

我们的头都探到了大锅旁，好奇地看着锅里翻滚的汤圆。

"小馋猫们，都让开！小心烫到！"

"快捞！快捞吧！"

我们都眼巴巴地坐好，等着。

老师给了我们每人五个：

"现在谁也不准吃，只能看，太烫了！"

哇！碗里的汤圆，比下锅前更白了！更胖了！

"可以吃了吗？"

"什么时候可以吃呀！"

"我们想吃啦！"

"等不及了！好吧，吹一吹，凉一凉，慢慢地吃吧！"

"好香呀！"

"真好吃！"

"怎么跟以前吃的不一样啊！"

"自己做的，就是好吃吧！"老师笑眯眯地看着我们。

吃着汤圆，老师开始讲元宵节的来历。

说汉武帝的时候，有一个宫女，名字就叫做元宵，她很想家，却不能回家。

"为什么不能回家？"

"因为，当时皇宫里面有规定，不能随便回家！"

一个叫做东方朔的好人很聪明，帮她出了一个主意，他们用计策，让汉武帝相信，天上的火神君要下来烧城啦，火神君，最爱吃汤圆，元宵呢，最会做汤圆。汉武帝就让大家那一天都到大街上，张灯结彩，红红火火，好像已经着火了一样，火神君就不烧城了。这样，元宵见到了自己的亲人，而且，大家也跟着元宵学会了做好吃的汤圆。

听了故事，我才知道，原来这个节日跟思念妈妈有关啊！

听着故事吃汤圆，汤圆更香了！

我突然想起来，妈妈说晚上要带我去趵突泉看花灯、猜灯谜呢！

红红火火，热热闹闹的元宵节真好！

植树节

今天的忙忙碌碌，都在为明天的植树节做准备。

植树节，你知道吗？就是每年的3月12日。

老师说："植树节代表春天来了，还代表纪念孙中山先生。"

"孙中山先生是3月12日去世的，他是伟大的革命家，也是一位喜欢植树、让祖国更美好的人。"

有的小朋友去拔草，有的小朋友跟着朱妈去买树苗，水龙头"哗啦、哗啦"一上午忙个不停，教室里空无一人。

下午放学，一切就绪，就等着明天种树了！

第二天来到学校，老师开始分派工作：

"豆豆、苗苗、晓晓、宝宝、佳佳，你们五个跟老师去拿小树苗！"

"好！"运树苗部队骄傲地出发了。

"林林、大明、琪琪、乐乐、壮壮，你们五个到那边挖坑吧！"

"是！"我们挖坑部队都跳起来！

"剩下的小朋友负责浇水！"

我们拿起小铲，在楼梯上嘴里说着：

"下楼梯不要跑，一步一步要走稳。"

可我们"噔噔噔"比平时动作快了一倍。

一会儿就来到了没草的土地上，开始挖起坑来。

有时，会挖出一些石头，方的、圆的，刚下过雨，硬硬的石头很湿，有股泥土的清香。

有时，放下铲子喝水时，蚯蚓先生会到我们的铲子上"做客"，我当然很欢迎了，因为，把它们收集起来，放在盒子里，给他们做一个"临时的家"，等植好树，再放出来，就能给小树松土了。

两小时以后，我堆的土丘，已经快有我的肚皮那么高了，挖了好几个大坑，终于，可以休息一会儿了。

　　远处，"嘿哟、嘿哟"运树苗部队和提水小分队都来了！

　　我们抢着一起放树苗，浇水。

　　"嘘——"老师说：

　　"安静，你们听见小树喝水的声音了吗？"

　　"听见了！听见了！"

　　"怎么喝？"

　　"咕咚咕咚地喝！"

　　"不是！是滋滋滋儿地喝！"

　　"哈哈哈！"大家都笑了，回头看看。

　　刚刚还没有东西的荒地上，现在有了一小片树林啦！

　　"又多了绿色，又添了生命，

　　我们的地球，变得更加美丽！

　　亲爱的小树，请你快快长大！

　　高高大大，挡住风沙……"

　　老师领着我们，对着小树，说出了心中的诗歌。

　　对了！别忘了，我们的蚯蚓先生。

　　把那些蚯蚓，请出来松土，并对他们说一声"谢谢！"

　　幼儿园的那片树林，是汗水和勤劳的结晶，也是我们送给植树节的礼物。

　　今天，我很想，再回去看看，那些小树，是不是像我一样，长得很高了。

清明节

刚下了一场春雨，清明节，慢慢走近了。

我一看日历，4月4号，明天就是清明节了！

真兴奋！

清明节，有什么兴奋的呢？

当然因为幼儿园一年一度的碰鸡蛋大赛！

清明节早晨我一边唱着："看看谁的鸡蛋更大更硬！"

一边在冰箱里找。

"找好了吗？"

"这个鸡蛋，又圆又大，摸起来硬硬的，就选它吧！"

妈妈帮我煮鸡蛋。

煮之前，她把鸡蛋放在冷水里泡一会儿才放在锅里煮。

还特别把大火调小了一点儿，这样，鸡蛋就不容易煮破了。

煮好了，又白又大，完好无损！

我放在小书包里背着，去幼儿园了。

到了幼儿园，两张大桌子已经摆好了，"撞蛋擂台赛"就要开始了！

小朋友的背包里都装着塑料袋，袋子里，都装着自己认为最厉害的蛋。

钟表的指针不偏不斜地指着九点半时，我们的"碰蛋大赛"正式开始！

明明目不转睛、虎视眈眈地看着丁丁，从袋子里掏出一个浅绿色的大蛋。

"鸭蛋！""鸭蛋！"尖叫一片。

齐齐笑了两声，盯着明明，拿出了一个更大的球，白色的，我们几个恐龙迷齐声喊：

"恐龙蛋！"

"什么恐龙蛋！是鹅蛋好吧！"

原来，为了撞蛋大赛，

明明回老家时，拿回了一个鸭蛋！

齐齐回老家时，拿回了一个鹅蛋！

开始撞蛋了！

乐乐拿出一个大号鸡蛋向我进攻，我怕我的鸡蛋破掉，不敢使劲，他的鸡蛋碰到我的鸡蛋，"咔咔——"一声。

"完了！"

等我慢慢睁开眼，两片鸡蛋皮，像松动了的牙齿一样，从他的鸡蛋上掉下来！

我大吃一惊，原来等着别人攻击，有这么大的威力呀！

我又被两个人攻击了，"咔！咔！啪！啪！"

一阵响声以后，他们的鸡蛋都破了。

惊喜！我的鸡蛋还没破。

就在这时，一声巨响，"啪啦、啪啦！"

一定是"鸭蛋大亨"与"鹅蛋大亨"相会了！

你猜怎么着？

鸭蛋没破！

是不是齐齐用力太大了？

最后，我的鸡蛋也牺牲了，是牺牲到我的肚里了。

赵老师告诉我们，清明节是一个特别古老的节日。

"有多老呀？"

"从周朝算起，有2500多年了，够老吧！"

我们吐吐舌头，"2500多年？当然够老啦！都老掉好多好多好多的牙了！"

清明，一开始是一个很重要的节气，天气变暖，土壤变松，农民伯伯开始播种子种庄稼了。

赵老师说着，我想起一首儿歌：

"清明前后，种瓜种豆，种瓜得瓜，种豆得豆。"

佳佳也想起来：

"吃豆豆，长肉肉，不吃豆豆，精瘦瘦。豆豆是清明时候种的呀？"

老师笑了，"是呀！"

她接着说：清明，与另一个叫做"寒食"的日子挨得很近，只隔了一两天。

寒食这一天，人们思念去世的人，祭扫墓地，渐渐的，寒食与清明就合二为一了。所以，清明节，也有这样的风俗。

"老师，人死了可以活过来吗？"乐乐问。

"可以活在亲人和朋友的心中，所以，大家才思念和扫墓呀！"

哦，我想起来了。

去年清明节，爸爸带我去英雄山，我们到的时候，天空飘着小雨，很多人都在给济南战役的烈士扫墓。我和爸爸也买了金黄的菊花放在那里，那上面有个纪念碑写着"人民英雄永垂不朽！"

"那清明为啥要吃鸡蛋呢？"豆豆嘴里塞满了蛋黄问。

"'鸡蛋'的'鸡'和'吉祥'的'吉'谐音，清明节早晨吃鸡蛋，会健康平安、吉祥如意啊！"赵老师笑了。

她这么一说，我们赶紧把鸡蛋塞进了嘴里。

我们还喝了"五谷粥"，老师说，清明喝五谷粥，就会五谷丰登，迎来丰收的一年。

回到家，我对妈妈说：今天，我知道了很多清明节的秘密。

"主动发力先撞人的鸡蛋一定会破，就像主动打人一样，不好！"

"是吗？如果真是这样，这可是个新发现！"

可晚上，我和爸爸撞鸡蛋，爸爸撞我，他的没破，我的破了！

"这是怎么回事？"

"两个煮熟的鸡蛋相撞，谁先破，要看手拿鸡蛋的位置，还要看鸡蛋壳的硬度和相撞时的力，不一定谁的蛋先破。"

"会不会都破？"我想到了另外一个问题，赶紧问爸爸。

在幼儿园撞鸡蛋，总有一个小朋友欢呼"没有破！没有破！"

"这是一个力的问题，两个鸡蛋壳能承受的力不一样，哪怕差一点点，相撞时，承受力差的鸡蛋就会先破掉！"

"是不是受到力量小的那个鸡蛋先破呢？"

爸爸把他的拳头举起来，又拿起我的拳头，碰在一起，好像我们正在撞鸡蛋。

"我的蛋和你的蛋撞在一起，受到的力是一样的，你试试！"

他的拳头推了我一下，"作用力和反作用力

68

是一样的。"

　　"但如果这个力是3，你的鸡蛋能承受4，我的鸡蛋能承受2，谁的先破呢？"

　　哇！这真是一个复杂的问题。

　　我好像有点懂了，也好像不懂，清明节撞蛋的场面，却深深刻在了我心里面。

　　现在我上小学了，可我还是怀念幼儿园的清明节，怀念"撞蛋大战"！

复活节

复活节是西方的节日，不过，在我们幼儿园里也过复活节呢！

我想，世界上任何国家的幼儿园过复活节都会很有趣，因为复活节会有兔子和彩蛋。

老师说兔子象征着春天生机勃勃，彩蛋代表着重生和生命的丰盛。

我最喜欢的是自己制作彩蛋。

复活节的早上和清明节一样，煮鸡蛋是必须要做的，因为老师要带领我们做彩蛋。

我早早地就起床了，妈妈煮好了鸡蛋，我挑上两个圆的、大的就开开心心地去上幼儿园。

到了幼儿园，我们就有机会开始了艺术家的创作。

我想："怎么能画出最特别的彩蛋呢？"

"是画动物好，还是画条纹好呢？"

我在心里想好以后，就开始画了。

一条蓝色条纹横着画过来，

一条红色条纹竖着画过去，

一条紫色条纹横着画过来，

一条绿色条纹竖着画过去，

一条黑色条纹横着画过来，

一条黄色条纹竖着画过去……

71

哈哈，就像是在给鸡蛋宝宝织一件五彩格子的毛衣。

很快，我就画好了一个条纹彩蛋。

另一个鸡蛋，我想来个中国特色的，就画一个中国风景的彩蛋吧！

用铅笔细细地画上几座青山，

再用黑笔画上几只鸟，

用蓝笔画上一眼清泉，

绿笔画上几株翠竹，

棕色笔在山上画出一个小寺庙，

看着还缺点什么！

用红笔画上一个红彤彤的太阳吧。

清泉、翠竹、青山、寺庙、红日、小鸟……

真好像是鸡蛋上的"世外桃源"。

每个人都画好了，我们摆出来，互相欣赏，每个蛋宝宝的大小差不多，却因为穿上了有想象力的漂亮衣服，就变得美丽而特别了。

幼儿园的复活节，让我印象最深刻的就是彩蛋上面那花花绿绿、充满幻想的花纹了。

转眼间，端午节就来了。

上午，老师拿着粽子叶、糯米和大红枣走进了教室，我们洗好手，挽起袖子，开始包起粽子来。

看着超市里卖的粽子，一盒盒，一袋袋，不就是摞起来，一个个三角形的，包着馅儿的粽子叶吗？有什么难的！

不过，我刚开始往叶子上盛馅的时候就被糯米粘住了手，好不容易洗了手，又发现糯米多了，粽子叶怎么也合不上，挤出了一些米，又粘了一手，像是糨糊一样。

最后，我干脆学电视上的机器流水线，一阵乱团，塞上大红枣，用线一捆，哈哈，这下子简单，五六个奇形怪状的粽子出来了！

扁扁的，方方的，长长的，看上去也不错！

有些小朋友一个粽子还没有包好呢！

他们说我包的是丑丑的"垃圾粽"！

我才不信呢，我想"煮出来一定会一样好吃的！"

中午吃粽子的时候，我着急地辨认着我的粽子，才发现大家的粽子都是变形粽，分也分不出来，哈哈，那就随便吃吧！

剥开长长的叶子，香香的糯米和甜甜的红枣混合起来的味道跟着热气迎面而来，咬一口，又黏又甜，回味无穷。而且，每个粽子都一样好吃，就是有的馅儿特别少，有的馅儿特别多。

我们吃着粽子，老师给我们讲了屈原的故事，我们知道了端午节是为了纪念这位伟大的爱国诗人才有的节日。

下午，老师开车带着我们去放龙舟了！

我们把提前用玻璃卡纸做好的纸龙舟放到了大明湖里，它们随着微风慢慢向前行驶，有时碰到柳枝，有时又搁浅在石头上。

夕阳西下，我们的龙舟队伍一直漂向远方，我们挥挥手跟它们再见了。

回家的路上，我们每个人还分到了几根艾草，艾草的味道真的很特别，车里面全都是那股味道，有的小朋友捏着鼻子说："好臭，真难闻！"可我使劲地抽动鼻子，我觉得好闻极了，这哪里是臭，分明是香香的嘛！回家我就要把艾草插到门上！老师说，只要是门上插了艾草，就能辟邪保平安呢！

哈哈，这就是我们幼儿园的端午节。

到现在为止，我还没学会包好看的三角形粽子呢！

儿童节

夏日的阳光吹响了六一的号角，下午，六一儿童节的演出就要开始了！

中午，小朋友们都开始化妆了。

教室里面，老师、家长，拿着香喷喷的颜料盒团团转，臭美的女孩们激动地尖叫，好像都要变成公主。

我也想变成王子，我用自来水往头上抹抹，把头发往后面使劲推，想变得更酷一些。

回过头来，我的天呀！

有的小朋友，眼睛上的眼影比眼睛大一倍，花花绿绿的，真有点吓人，尤其是眼睛一睁开，好像眼睛上还有个眼睛。

口红也红得有点过头，好像一朵鲜红鲜红的大花，涂完口红又想喝水，喝完了，再涂上一层，天哪，好像《西游记》里的妖怪，我都不敢看！

老师的脸上粘了很多亮晶晶的片片，在阳光下闪闪发光！

这哪里是演出的盛会，这简直就是化妆和吓人盛会呀！

我最讨厌的是那种粉末状的香粉，老师往我脸上抹，我马上来个大喷嚏！

还有那种抹到脸上就变成红脸蛋的东西，我也不喜欢，不过，我每次睡午觉起来，脸就像红苹果一样红，老师说我就免了，不用红上加红了。

六一儿童节的表演，音响震耳欲聋，开始前，一遍一遍地放着《好日子》，感觉像是过年了！

我是主持人。

老师说："林林，你别紧张！"

可我真的不紧张呀！

可我就是常常会说错名字。

我还是个劈叉主持人，一上台就把两条腿分成"A"字形。

小班的舞蹈每次都乱七八糟，往东的往西，往西的往东，有的小不点儿还撞到了一起，有几个小朋友干脆站着不动，张着大嘴表演"怎么哭"，急得老师在台下挥舞着胳膊使劲地指挥，但表演完，下面的掌声总是最响的。

我表演过大提琴演奏，拉了两首，一首是《故乡》，一首是《小星星》，我使劲地拉，恨不得把琴弦拉断！

因为大提琴比起架子鼓和电子琴，不是一个热闹的乐器，它应该在安静的地方演出。

"下面那么吵，他们会听得见吗？"

六一节最让人激动的，还是会得到礼物：或是一本书，或是一件漂亮的衣服，还有可能是好玩的玩具！

这个节日，能不让人兴奋吗？

这就是六一！

它是化妆品和礼物的聚会！也是乱哄哄的大杂烩！

中秋节

中秋节就要到了！

这段时间，教室里从早上到下午，一直都能听见"咔吱、咔吱""咚咚、当当"的声音，那是因为，中秋节下午，我们要演出皮影戏了。

这几天，每个小朋友都很努力，一到学校，不打不闹，大家分工明确：剪纸，涂颜料，粘木棍，忙个不停。

"那个装道具的大盒子，怎么填不满呢？"

虽然它只有我的半个胳膊那么深，对我们来说，却像是一个无底洞。

一天，两天……

要准备的道具终于做好了，中秋节也到了！

我想老师让我们演出皮影戏，是为了让我们感受这种欢乐的气氛吧。我们演出的是"狐狸与乌鸦"还有"嫦娥奔月"。

　　乌鸦嘴里的肉，变成了月饼。

　　开始演出了。

　　老师把所有的窗户都关上，拉上窗帘，四下一片黑，只有灯光照在幕布上。

　　我是当大树的，我在后面举着树，慢慢地升起来到幕布上，然后就保持一动不动。

　　等了没多久，佳佳就细声细气地说：

"乌鸦，你是世界上最美丽的鸟，你的歌声最动听……"

一大串甜言蜜语后，扮演乌鸦的明明就沙哑着嗓子说：

"谢谢……"

瑶瑶发出"啪"的一声，代表月饼已经掉下来了，又听到佳佳嘴里发出"咯吱、咯吱"的声音，我想佳佳吃的可不像月饼，倒像是干脆面，可能是因为吃月饼的声音没有这个效果好吧。

小朋友们笑起来，掌声也响起来。

"嫦娥奔月"的故事老师给我们讲过好几遍了，演出的时候，我记得扮演嫦娥的倩倩有点感冒了。

她娇滴滴地说完："真是后悔，我飞走了怎么办呢！"就来了个大大的喷嚏，幕布都飘起来，全场乱套了！有的小朋友笑得从板凳上直接滚到了地上。

皮影戏演出，格外热闹，自己做的月饼，也又香又甜，我们画出的金黄色大月亮挂满了教室。

不过，对我来说，最难忘的还是，我在演大树的时候，连气都不敢喘出来，想笑又不能笑，用手捂住嘴憋得要命的感觉……

这一切，就好像是昨天发生的一样。

万圣节

盼望了很久的万圣节，终于到了。

对我们来讲，这可是一个在幼儿园里胡闹的机会。

我一手抱着昨天妈妈给我买好的黄得发红的大南瓜，一手提着老师让准备的旧旧的白色大背心，开开心心出了家门。

到了幼儿园，老师让我们坐成一个半圆，开始给我们讲万圣节的来历和关于它的风俗。

万圣节是西方的节日，是圣灵降临的日子。

没想到西方还有这种节日呢！

万圣节要做的事情比故事更让我感兴趣，我越听越高兴，这正合我的性子，平时没有人让我这样做，小孩子，居然可以穿着各种妖怪衣服，到处要糖果吃，不给就可以大模大样地捣蛋，还制作南瓜灯……

啊哈！我被这些万圣节的风俗迷住了！

老师的故事讲完了，我的眼还直勾勾地看着老师乐得合不上嘴，有个小朋友推了我一把：

"林林，你傻了呀？！"

我这才从万圣节的风俗中走了出来，其实，我脑海里全都是捣蛋的场面。

开始做南瓜灯了。

老师说我这个南瓜吃起来好吃，可是太硬了不好切，所以老师要和我一起做。

83

我这个南瓜，确实挺难切的，切都切不动，切到第三刀时，朱妈都出汗了，第七刀时，她的水果刀在刀把上摇摇欲坠，我抠南瓜瓤的手都有些发麻。

　　看着别人已经拿着南瓜灯跑来跑去，我忍不住说了一声：

　　"朱妈，加油呀！"

　　就在切完最后一刀后，水果刀把"咯嘣"一声断了，牺牲了一把刀，不过，我终于有南瓜灯了！

　　下午，老师让我们把白背心拿出来，在上面涂上了很多颜色，又剪了两个小洞，能把眼睛露在外面，就这样，我们的"幽灵服"就做好了！

　　放学时，我们就穿着这身装束，一个接一个走出来，人们看了，都觉得好笑，而不是可怕，不过，我感觉自己已经够可怕的了！看见别的小朋友白白的脸，只有两只眼睛时，我都恨不得闭上眼睛呢！

　　妈妈很配合我，我问她要糖果，她居然一下子就给了我两块"大白兔"，哈哈，是怕我捣蛋吧！

　　这就是我们幼儿园的万圣节，我喜欢这个有着特别风俗的节日。

圣诞节

圣诞节，是西方最重要的节日，是纪念耶稣诞生的日子。

对我们来说也是忙碌的一天。

一个周前开始装饰的教室、排练的节目，今天必须加紧完工，因为放学前要有圣诞晚会呢！

下午两点多是最忙碌的时刻，还有两个小时，表演就要开始了！

大家团团转，就连墙上贴着的拉着雪橇的驯鹿，也好像要飞起来！

瑶瑶满身都是贴贴画用的胶布成了胶布人；

豆豆和明明拉着最后一节彩带往柱子上绕；

壮壮擦桌子的手好像也不听话了，快两下，慢三下！

乐乐他们五个高大的小朋友，东倒西歪地抬着一摞塑料小椅子，到了放椅子的地方，也不知道是谁先松了手！椅子一个接着一个，像"多米诺骨牌"一样都倒了！

时间不等人，钟表打了鸡血，太阳加快了脚步，一百二十分钟，只剩十分钟了！

不过，我们比钟表打的鸡血还足，比太阳的脚步还快！

瑶瑶身上的胶布条，不见了踪影；

豆豆和明明，安然无恙地拿回来了剩下的彩带卷；

壮壮的手终于放下了毛巾，开始挽道具服；

椅子也排好了，整整齐齐，不多不少！

大家快速地穿好了表演服！

一阵小沉默，一声大欢呼！

"哟嘿！啦啦啦！"

每个人都等着那神圣时刻的到来，爸爸妈妈们也都陆续坐好了。

表演开始了！

叮叮当，叮叮当，铃儿响叮当。

我们滑雪多快乐，我们坐在雪橇上。

叮叮当，叮叮当，铃儿响叮当。

我们滑雪多快乐，我们坐在雪橇上。

冲过大风雪，我们坐在雪橇上

奔驰过田野，欢笑又歌唱……

跳起来，唱起来，爸爸妈妈们的掌声响起来！

那是谁呀？

呀！是圣诞老人！

红白相间的衣服，白白的胡子，是圣诞老人！

他拿着一大包糖果和礼物走过来了！

哈哈，这个圣诞老人太高了，太瘦了！

看来，圣诞老人减肥成功，长个子了！

在音乐里，在发糖果的欢呼里，在想也想不到的惊喜里，我们度过了这个节日。

每个圣诞节，都有礼物和欢笑，

每个圣诞节，都在跟钟表和太阳赛跑。

幼儿园里的那些地方 肆

幼儿园，
是一个地方，
盛满了哭和笑，
盛满了成长的味道。
有些地方，
在我的心里
画上了记号，
虽然上小学了，
还是会想起来。

我的"大烟囱"

在我们幼儿园大操场的前面，隔着一排板房，有一座高大的烟囱，
上面的砖块凹凸不平，像小婴儿还没长齐的牙齿。

灰黑色的梯子，探进了最前端的一个小窗户里，奇怪的是，这个烟囱从不冒烟。

有一次，妈妈有事，到了天黑才来接我，我看见一道月光照射在烟囱的地板上，
在黑暗中几只蝙蝠绕着烟囱飞来飞去，烟囱好像被施了魔法一样地矗立着，在我眼里
它简直就是巫师的鬼堡。

可白天的烟囱，很慈祥地站立着，一窝喜鹊在烟囱上筑了巢，生了蛋，有了鸟宝
宝，烟囱顶上就热闹起来了，每天都能听见"喳喳"的叫声。

烟囱是一个地标，不管在幼儿园前面路上的集市里，还是隔着一大片楼，都能看
见那高高站立着的威严无比的大烟囱。

这座大烟囱也是一个变幻高手。

早上，太阳从东方升起，大烟囱的影子会翻过栅栏，伸到砖地的尽头。

上午到中午的这段时间，大烟囱的影子会像个顽皮的小孩儿一样慢慢地向北方移动；

到了中午，大烟囱的影子正好对着我们幼儿园的楼，然后，渐渐的，影子到了楼
的尽头，拐了个弯，一直伸到窗边；

下午，影子就倒在我们的操场上，酣酣大睡。

后来，我知道，这个大烟囱，实际上不是一个大烟囱，而是一座高高的水塔！

好奇怪，我怎么也想不出，这里面怎么可能装着水。虽然知道了它其实是一座水塔，可我还是喜欢叫它"大烟囱"！

这座"大烟囱"给我的童年留下了无数回忆，每次看到它，我就知道幼儿园到了。

据说，它也是幼儿园附近最古老的建筑了。

白雪公主墙

幼儿园里，有一面画着白雪公主的墙，见证了我在幼儿园里的欢欣岁月。

我来这个幼儿园不到一年，墙开始建了，我看到了这座墙，从一堆砖块成为"白雪公主墙"的一切。

看到了工人画草图，打底色，上颜色，风干……一直看到了它的建成，这其中也有我们的功劳。

一天下午，老师让我们穿上工人叔叔的绘画服，拿上油漆和刷子，去墙面上画小草。

我记得我画的那棵小草在一只小松鼠下面，我为了不碰到小松鼠，很认真地画，不过，手的侧面还是碰上了一点点。

老师没有责怪我，她说：

"留个纪念也不错！等你长大了，一定要再来看看这面白雪公主墙，看看上面这棵不老实的小草！"

白雪公主墙是我们幼儿园最美丽的墙，墙上，白雪公主坐在草地上，头上扎着红色蝴蝶结，很像我们的赵珊老师。

赵妈长得真的就像白雪公主一样，脸圆圆的，眼睛大大的，连头型都和白雪公主是一样的。

白雪公主的两旁有几只小松鼠，小鸟在天空中飞翔，草地上开满了鲜花，很好看，就是没有看到七个小矮人，也许他们到森林里干活去了吧。

我们常常在墙旁边跳绳、拍球，留下了不少记忆。

直到现在，我偶尔经过幼儿园，还能想起那块白雪公主墙和上面的那棵小草。

但我还没有再回去仔细地看看。

幼儿园里的菜地

一场春雨过后，老师让我们收集一些菜种子，要把后院的菜地都种上菜。

回到家，妈妈给了我一些茄子种。

我把这些黄黄亮亮、像一颗颗胖胖的小心脏似的种子，捧在手心里，感觉到了它们是一个个鲜活的小生命。

到了幼儿园，老师问："你们都拿了什么种子呀？"

"白菜种！"

"黄瓜种！"

"油菜种！"

"冬瓜种！"

"菠菜种！"

……

我们一声声回应，像一群因为快乐而发狂的小鸡！

到了菜地，长长的小坑已经挖好了，我们小心地把种子宝宝送进去。

"啪！"一粒！

"啪！"两粒！

很快，菜地里撒满了种子。

该浇水了。

我们端水的端水，松土的松土，争着，抢着，每个人都不闲着。

不到半小时，浇了三次的田地已经变成了小池塘！

翻了半天的土地，变成了无数小土块。

老师告诉我们，要经常来看看这些种子，给它们浇浇水，松松土。

我每天都来看我的种子宝宝。

可是很长时间，地里面一点动静都没有。

"我的茄子，什么时候可以长出来？"

"它们不会永远不出来吧！"

"快了，快了，时间差不多了！"

老师笑着看看我："小种子正努力地长着呢！"

没过几天，茄子果然发芽了！

几个小嫩叶，钻出了土。

也是从那天起，每天放学后，我都要拉着妈妈来看我种的菜地。

又过了好长时间，地里面一点动静都没有。

我每天都期待着看到新变化：

"它们怎么还不长呀？"

"怎么一点没变样呀！"

"种菜可不能心急，该长的时候会长的，它有它的规律。"

老师说还要再等一等。

过了几天，茄子苗果真长高了一点，随后的几天都在长高。

第28天，它长出了两片嫩叶；

第59天，它长出了一朵小花蕊！

淡紫色的小花在两片碧绿的叶子中翘起来，像一个娃娃探出头。

这是多么有纪念意义的一天呀！

也是从那天开始，浇水、松土，我一点也不马虎。

小花越来越多，有的花开完了，落下来，花下面黑紫色的小喇叭慢慢变大，用手摸摸，还能感到有些小刺，扎扎的。

过了几天，小喇叭变得更大了。

又过了几天，小刺更多了。

花下悄悄地长出了一个绿色的小球，我确定，那一定是个小茄子！

我每天都去摸，那个小球不断地长大。

接下来的几天，下了几场雨，小茄子猛长，很快有我的中指那么大了。

又过了几天，黑紫色的小喇叭收紧，包住了茄子。

"什么时候茄子花放开了茄子宝宝，茄子就真的长大了！"

老师告诉我。

我天天盼着"茄宝宝"快点长大，盼着"花妈妈"快快放开手。

终于有一天，我发现，茄子变成了椭圆形，深紫色的小喇叭成了它的小帽子。

茄子宝宝，终于长大了！

那天，天蓝蓝的。

我看着胖胖的茄子宝宝，深深地感到：

小茄子成功了！

就像是昨天被乌云挡住的太阳，今天一下子冒出来一样。

成功了！

收获的季节到了，我们的茄子长得很多，像一个个大水滴，闪着黑紫色的光。

老师带着我们摘下茄子。

我们一边摘，一边对着茄子妈妈说"谢谢！"

那天，我们吃的是红烧茄子，老师说这个菜就是我们的劳动成果。

我喜欢幼儿园的菜地。

将来我也想有一片自己的菜地，

播种，看护，收获。

幼儿园的大树

　　我们幼儿园门口，有一棵高大的梧桐。

　　这棵大树，挺立在我们幼儿园的门口，像是一个守门神，注视着街口，注视着对面的大楼，注视着来来往往的人和车。

　　这棵树是一棵有内涵和头脑、会爱惜自己的大树。

　　它是一棵智慧的树，把根扎得深深的，不在砖地上面露着，不像是有些别的树把根弄得浅浅的，任凭人踩上去，车轧过去；

　　它是一棵高兴的大树，从不让自己得病，高高兴兴地度过每一天；

　　它是一棵宽容的大树，让小蚂蚁在它脚下做窝，让喜鹊在它头顶筑巢；

　　它是一棵永不孤独的大树，它天天看着我们，我们天天围着它，打打闹闹，跑来跑去做游戏。

　　春天，它发出芽芽，小小的、嫩嫩的，它那么高大，在春天里，格外有生机。

　　小喜鹊在窝里歌唱，成群的蚂蚁在树下搬粮食，各种小虫子爬来爬去，蜘蛛大叔忙着在她周围结网。

　　有时候，高高的树杈上还挂着小朋友的风筝。

　　夏天，这里成了知了的乐园，唱歌的声音高亢嘹亮，树干上常常能看到一只蝉静静地趴在那里，等拿起来才看到，原来是个空壳，琥珀色的真好看，妈妈说这是蝉蜕，是一种中药！

99

夏天过了一半的时候，大树的叶子变成了深绿色，再热的天，树下也是一片祥和。

接孩子的爸爸妈妈、爷爷奶奶都坐在大树的荫凉伞下聊天、开玩笑。

秋天，大树的叶子变得五彩斑斓，虽然叶子都黄了，但从来不急着掉，这些日子，是它最好看的时候。叶子有的金灿灿，有的黄澄澄，还有的变成了红褐色，多姿多彩。

在蓝天下，它挺着身子，把它的雄壮证明给大家看。

冬季，叶子掉光了，下雪时，一层白雪覆盖了整棵树。

也是在这个时候，它显得特别严肃。

没有叶子的枝干朝着蓝天使劲地伸展，我感到光着身子的大树更有力量，像是一幅铅笔画出来的素描。

这棵大树真好！

春天，它是一个希望的闹钟，告诉我们春天来了，让小鸟安家；

夏天，它是一把遮阳伞，让我们在树荫下看书，玩耍；

秋天，它是我们的快乐，我们用它掉下来的叶子扛老宝，串树叶；

冬天，它是我最好的保护，每次打雪仗，它都帮我挡住扔过来的雪球。

这棵大树真好！

它让我的幼儿园生活变得那么好！

后院

幼儿园的后面有一片用绿色篱笆围起来的后院。

后院里有一座小假山，山下有一片小小的沙地，这些东西两旁有很多健身器材和秋千，这些东西放在一起，在我看来，就是一个完美的组合。

后院静静的，特别美。

一次，我从门口经过，被这美丽的景色迷住了。

后院只有两个时间段能看到这种景色：上午九点到十点，中午一点到两点。

不过，下午一点到两点的景色是最美的。

后院静静的，一个人都没有，一阵微风吹起，把午后阳光下的秋千吹得缓缓摇动，有时铁链会在风中"铛铛"地响几下，不时有一两只鸟飞过，一股花草的香气，隐隐地扑鼻而来。

后院除了安静，也有热闹的时候。

九点多钟，下课铃一响，不到十秒钟，就会有一大群孩子冲出门。很快，"小海盗"们就爬上了刚刚还很安静的"海盗船"，滑梯里穿梭着很多拿着手枪的军事迷，嘴里不停地发出"咚、咚，啪、啪""呃呃"的声音，自己射击，自己倒下。

后院的沙地最有魅力，每次不早去就占不着位子。

一下课我就直奔沙池，早早地玩起来。

沙池里有红红的装沙子的小卡车，花花绿绿的小石子，还有小桶、沙漏和铲子。

阳光晒着沙子，暖和和的。

有时，快上课了，沙池的人少了，我还会躺在沙子上。

看着蓝天，看着白云，看着唱着歌飞走的"过路人"和在天空中打着旋儿旅行的树叶。

下完雨以后，后院常常会点缀一下自己，在灰色的地砖缝里，长出了一层鲜绿的花边，是谁呢?

仔细一看，是刚长出来的苔藓，一层一层，有深有浅。

这就是幼儿园楼后面隐藏着的美景。

前院

　　我们幼儿园还有一个前院，院子的年龄比后院年轻多了，留在我印象中的东西也比后院新多了。

　　它是五条长长的跑道，红红的，摸起来却像小草；

　　栅栏也不是绿绿的铁丝网了，而是雪白的矮栅栏，很像电影上有些外国别墅的栅栏。

　　栅栏上面是很多弧形的钢条，像一个大屏障，上面挂着无数串葡萄藤和葡萄，像真的一样，有了它们，一抬头，看到的就是一片绿色和紫色。

　　跑道一旁一大簇一大簇的花格外美丽，有红的、黄的、粉的、紫的，还能闻到一股花香。

　　我在前院更不会孤单，因为金色的阳光下，有许多采花粉的小蜜蜂和花蝴蝶总追着我。

　　大活动课一开始，有很多小朋友飞快地跑到前院，小男孩在地上玩打卡、看虫子、画城堡；

　　小女孩就会玩过家家，拿几片树叶当菜，捡花瓣当肉，用石头搭一个小炉灶，就开始做饭了。

　　放学时，这里会排起一排书包阵，五彩缤纷，像一条大彩蛇。

　　前院有时会西瓜虫泛滥，一群一群，一队一队。

　　在花丛中，也能发现无数个西瓜虫！用手一碰，它们就马上缩成一个个"小西瓜"，很长时间后，确认没有危险了，才会展开身体，向前爬。

西瓜虫，小小的，但是很有智慧。

前院，是我们幼儿园风景的开始。

幼儿园里的动物朋友 伍

在幼儿园，
我有很多动物朋友，
有天上飞的，
有地上跑的，
有小小的，
有大大的，
我认识它们，
它们陪伴我。
不知道，
它们还认识我吗？
我却永远记得它们，
也认识它们。

我的蚂蚁兄弟

　　每次中秋节，我们吃剩下的月饼渣，都小心翼翼地放在自己的塑料袋里，收集好之后，就可以去寻找蚂蚁窝了。

　　我一边找，一边想：

　　"这么多月饼渣，小蚂蚁能过个像样的中秋节了！"

　　我想起大树下有个很大的蚂蚁窝。

　　果然找到了！

　　发现了蚂蚁的交通主干道，就轻轻地把一粒月饼渣放在那里。

　　一只蚂蚁看到了，它马上回到洞里，去告诉同伴。

　　不到五分钟，十只、二十只、三十只……

　　成百只的蚂蚁黑压压地出动了！

　　我又放了三块，蚂蚁们齐心协力，三块月饼渣都被慢慢地移动了。蚂蚁们搬着比它自己的身子重五六倍的食物，没有一只停在半路上吃一口，都是很有耐心地一步一步搬回家。

　　这里的地凹凸不平，中途，它们要翻越无数座砖山，走过无数个大坑，才能到家。

　　蚂蚁比人还会分工合作，虽然月饼渣的十分之一对它们来说都很大，但是，它们一旦把一块比较大的咬下来，就一个在前面拉，两个在后面推，一个最小最轻的蚂蚁在上面指挥，它们迅速地挪动着，而且走的还是最近的路线！

我把剩下的月饼渣都放在地上，我希望，一周之内，它们能搬完这些食物。

第二天，我再去看，地上只有六块了，我感觉它们真的能完成我的计划！

可是，之后的一天，放学时，突然下起了大雨，妈妈催我赶紧上车，我想："蚂蚁的月饼渣肯定遭殃了！"

我用外套盖着头，跑到大树下，地上居然什么都没有了，干干净净。

我感受到了蚂蚁们神奇的力量！

它们一定是赶在下雨前，奋力把月饼渣全部都搬回了家！

外面下着大雨，蚂蚁兄弟们正在家里快乐地享受着甜甜的月饼呢！

现在，我还常常想起幼儿园的蚂蚁兄弟，如果他们没有搬家，一定还住在大树下，我真想再去跟他们分享甜甜的月饼！

我和小鸟

每次到英雄山玩，都会看到很多笼子里的小鸟。

它们有的叫着飞来飞去，有的好像绝望了，低着头，一声不吭，那些人还觉得它们叫得好听，可我听得出来，这里面全都是想家、想自由飞翔的悲伤。

我曾经跟洋洋说，我们俩合作，一个表演节目吸引那些人的注意力，一个偷偷地把小鸟全放出去……

我们说得很开心，可是却做不到。

幼儿园的小鸟是自由的。

冬天到了，天变得冷极了，到处都被雪覆盖了。小草也盖上了雪白的被子，我想那些自由自在的小鸟也有了危机，小鸟的食物——草种子没有了，它们肯定很饿吧。

我从家里拿了一些米，放在包里，就去幼儿园了。

下了课，我跑到操场高高的平台上，在雪地上，撒上了小米，黄黄的小米，在白白的雪地上很显眼，我想小鸟一定看得到。

果然，没过多久，我就发现了一只黑色羽毛黄嘴巴的小鸟，我在鸟类百科书上见过，它是一只乌鸫^(dōng)，它先是在上面盘旋，然后落了下来，我高兴极了，小鸟发现了我放的小米！

那只鸟愣了一下，然后脖子一伸，叼起来一粒米，飞走了，我想它一定对这里很陌生，怕是陷阱，就叼了一粒，赶快飞走了，等以后它知道这里没有危险，应该就能

留下来慢慢吃了。

接下来飞来的是喜鹊、麻雀，也都是这样，警觉地叼起米就飞走。

放学时，我走上平台，想看一下小鸟们吃了多少米粒。

我发现地上只剩了几粒米，和一封封可爱的、无字的"信"，那是用小脚丫的印迹写成的："谢谢，你的米真好吃！"

我每天都带着米粒，撒在那里。

过了一个周，小鸟们开始信任这个地方了，这里也从"快餐店"变成了可以慢慢享受的"休闲吧"。

一只麻雀飞过来，走来走去，"嗒、嗒、嗒"，它的小脖子很快低下、抬起，吃了三粒米才飞走。

另一些麻雀也落下来，不紧不慢地找着吃，一边吃一边互相点头，"唧唧啾啾"地聊天，一蹦一蹦地跳着走。

两只喜鹊，就像穿着燕尾服的绅士，踱着步，慢慢品尝，还开心地"喳喳喳"叫几声。

我有空就会远远地看着这个平台，看着这些可爱的小鸟来来往往。

又过了一周，很多小朋友也像我一样在这里撒上米粒。

一只鸽子飞过来，"咕咕咕"地叫着吃起来，引来了很多小鸟，它们也乐呵呵地吃起来。

整个冬天，幼儿园操场上的平台，几乎变成了那些不去南方过冬小鸟的粮食接济站。

看，水塔上的喜鹊一家都吃胖了，白白圆圆的肚子真可爱。

这就是我的小鸟朋友。

不管我去了哪里，每年冬天，我都坚持这样做。

我们，只是在雪地上撒下了一把米，却能给小鸟们带来多少欢乐！

流浪的朋友们

    我喜欢幼儿园周三的中午，因为这天中午吃土豆炖鸡，每到这时，我们吃剩下的鸡骨头都可以帮助那些流浪的朋友们。

    吃完中午饭，我们拿着骨头，往幼儿园的前院走，在栅栏的外面总能碰上一只流浪狗，我们会把骨头放在地上，然后退几步，观察它是怎么吃的。

    它先闻一闻，然后连骨头一起吃下去，我能看见它的头向前一伸一伸，小脖子一晃荡，吃下去了！

    我觉得狗的牙齿肯定很尖，像妈妈切菜的菜刀一样，它的胃也特别好，而且胃里面肯定有一个小精灵，专门把骨头打成粉末，要不然，它肯定会肚子疼的。

    我们幼儿园附近的这只流浪狗，一见到我们，就伸出脖子要骨头，我会说："还没到吃骨头的时间，现在没有骨头，要耐心等！"

    我们也喂过猫。

    每到下午，很多流浪猫聚在我们幼儿园的车底下，躲避晒人的阳光。

    这个时间，我们会拿出鱼刺，热情款待它们。

    我把鱼刺放到垃圾桶旁边，那些小猫一看见鱼刺，也不顾太阳晒了，"喵喵喵"地叫着跑到鱼刺旁，用鼻子闻一闻，然后低下头一下一下地品尝美味，有时候爪子抓起来一下子就吃下去，有的很贪吃，连吃四五个，还看着我们"喵喵"地叫着想再要一些。

我发现，流浪的小猫比流浪的小狗生活得好。

小猫们互相做伴儿一起流浪，小狗就那样的一只很孤单；

小猫很干净，自己常常洗脸，还互相舔舔洗澡，皮毛总是干干净净，连叫声也很高贵，一点也不像是无家可归的人；

流浪的那只小狗却脏脏的，一天比一天脏，叫起来也是害怕和惊慌的声音，它一看就是可怜的没人照顾的孩子，一看就知道是没有家的人。

但小猫和小狗都是我们的好朋友，它们也都认识我们，一见到我们都会特别欢快，小猫会"喵喵"叫着跑过来。小狗不叫，它知道一叫，我们会害怕，但它的尾巴会摇起来，开心地绕着我们转。

这就是我们幼儿园附近的流浪朋友，它们可爱的样子，超级无敌的牙齿和胃，让我终生难忘。

幼儿园里的天气 ^陆

天气很平常，
但幼儿园里的天气，
就不平常了。
不同天气，
会把幼儿园的生活
变成不同的样子。
幼儿园生活的不同样子，
是我最喜欢的。

下雨啦

春天来了，五月的一天，我们上课时，一声惊雷，掀起了一场暴雨。

老师说："哎呀！济南的春天很少会有这么大的雨呢！"

天越来越暗，这个时候，才有一种刺激的感觉。

这种刺激，不是人为的刺激，而是自然带来的充满神秘的刺激。

老师还在上课，窗口闪过一道道亮光。

有些胆小的，一看到闪电，就会闭着眼，缩着腿，本能地尖叫几声，看见了闪电，大家都捂住耳朵，因为后面准会"轰隆轰隆"打雷，老师说过，光跑得比声音快，所以，我们先看见电光，后听到雷声。

下了课，我们会伸出十个手指头，一会儿粗声粗气，一会儿尖声尖气地叫：

"鬼来了，鬼来了！鬼来了！"

这几句话，在这种时候说出来，每次都能吓得女孩们哇哇直叫，乱蹦乱跳。

下雨的时候，大课间是玩"大楼隐蔽战"的最佳时刻。

我们八九个孩子聚在一块儿，分出两个小组，看谁能隐蔽起来把人吓倒！

游戏开始了。

我早就发现楼梯下面有几个空空的大纸箱，我们都藏进去，一个箱子一个人，正好藏得下。

时间过得好慢，终于大班的一个小朋友走过来，

"一、二、三！"我们一块儿跳出来！

在阴天昏暗的情况下，有人从箱子里跳出来，谁都得吓一大跳，尖叫几声，看到是我们，就开心地加入我们的"吓人队伍"。

"啊！""我的妈！""救命呀！"……

我们的队伍不断壮大，直到一身大汗地都跑开，蹦到雨里撒个欢儿再蹿回来。

我们总是玩不够，沉浸在这快乐与惊险中。

这就是幼儿园里的下雨天，在尖叫中的欢乐，在刺激中的冒险！

好热呀

夏日的阳光照射着温暖的大地，起先几天还感觉挺舒服，但是当我们想让大自然空调保持在这个温度时，它却一个劲儿地升高。

天气预报一天比一天预报的温度高，小朋友带的水瓶也越来越大，幼儿园里熬起了绿豆汤，楼下弥漫着绿豆沙的香味儿。

每年夏天最热的几天，幼儿园里的老师们最爱说的话就是：

"孩子们，多喝水，别中暑！"

而我们很喜欢这些提醒，因为每当老师说完，我们都会拿出家里的巨无霸水瓶，比赛喝水，喝到肚子滚圆才停下来。

这时，老师又会说："少喝点，少喝点，小心水中毒！"

大大的空调很好玩，你走近它的一刹那，能感觉到"嗖嗖嗖"非常非常凉爽，一走开就"呼呼呼"地热起来。

我们常常在空调前跑来跑去，感受这种冷热、热冷的急速转变。

电扇被老师说得很可怕，简直是个巫婆，我们都离它远远的，不过，它给我们带来了清凉，大脑袋摇来摇去，也挺可爱的。

天热其实好处很多。

我们可以穿很少，中午穿衣服再也不那么麻烦了，一起床，套上小背心和小裤头，马上就能开始玩。

我们还常常用凉水把自己洗得湿漉漉的，一个个都像是"嘎嘎嘎"爬上岸的小鸭子。

更重要的是，天气一热，吃冰糕变得合情合理，凉凉甜甜的冰激凌也常常有机会吃上一大个。

我喜欢幼儿园里的夏天。

刮风啦

是什么把风儿引来了呢?

我们可以放风筝了!

幼儿园里的小朋友,每人都从家里拿来一个风筝,那天一早,教室里简直变成了风筝超市,墙边、床上,都放满了风筝,五颜六色。

下了第一节课,我们拿着自己的风筝,跑出教室。

风吹过我的脸,吹过风筝,一直吹到饥渴的梧桐树上,"沙沙沙"地响。

天出奇得蓝,蓝得那么自然,像我的蓝色画笔,太阳不知道跑到了哪里,见不到影儿,但它仍然像隔着窗帘的强光手电筒,把一切变得那么明朗。风虽然挺大,但还带着几分暖意。

这真是一个放风筝的好天气!

我拉开雪白的线球,让何好在后面推,我在前面拉,我们在操场上一圈一圈地跑,我回头看时,风筝已经从何好的手里飞跃起来,越来越高了。

开始放线!

放呀放、放呀放,

拽一拽,放一放,

再拽一拽,再放一放,

风筝一点一点,向上攀升,越来越高,越来越远了,回过头来，它又晃晃荡荡，要掉下来！

风筝好像在跟我躲猫猫，一会儿让我跑几步，一会儿又让我转过身子，停下来，我使劲儿地绕着操场跑，看，真的飞起来了！

可是一会儿就飞不动了，原来是缠在了篮球架上。

这下，放不成风筝了！

我看着篮球架上的风筝，在大风中晃呀晃呀，好像也在飞呀，飞呀。

就像那些黄色、红色的美丽树叶，飞呀，飞呀。

看着，看着，我高兴起来。

反正，风筝飞得再高，也会掉下来，还不如像这样，挂在篮球架上，做个纪念。

篮球架上的风筝，一直挂着，风停了，一动不动，风来了，飞呀飞呀……

后来，我在很多地方，放过很多风筝。

可是，幼儿园放风筝的情景，那在篮球架上的风筝，永远都在我的脑海里，用力地飞扬。

下雪啦

早晨起床，真冷啊！

打开窗帘，白茫茫的一片！

啊！下雪啦！下雪啦！下雪啦！

赶紧穿好衣服，洗好脸，吃完早饭，戴上新买的手套，跑出门去幼儿园。

"咯吱、咯吱""咯吱、咯吱"……

一路走着，一路抓雪，团个雪球拿着，看看它什么时候融化。

我和妈妈踏在雪上，把镜子一样光洁的雪地，踩出了一串脚印，真有点舍不得，回头看看，小脚印和大脚印连在一起，是通向神秘王国的小路，很多人都沿着它走。

到幼儿园，下了课，小朋友们，戴帽子，套手套，拿上小铁锹，抓起塑料桶，拥挤着奔出教室，一直跑到操场上。

我们六个人，已经准备好了干一场雪战！

开始配伙儿！

"黑白配！黑白配！"

配了半天，结果是：

我、何好、琪琪一伙，珍珍、大明、豆豆一伙。

战斗开始！

我拿起一个雪球，狠狠地扔向珍珍，没中！再回身抓雪球，"扑通——"先滑了

个大马趴，接着一阵透心凉，大雪球，飞过来，我成了趴着的"雪人"。

我兄弟何好，本想过来帮我，却被第二次猛烈的冲锋击退了，我赶紧爬起来，抱着头，妈呀！雪球乱飞！我中弹无数，只好退回到营地。

大明他们一看我们退了，玩起滑雪来。

我们猫着身子，每个人造了十个雪球。

全体出动！

"又来了！"大明喊了一声。

豆豆和珍珍的雪球又飞过来!

这次我们只是躲闪，虽然被打中了一两下，我们也不发一个雪球。

只是迅速前进。

十步，五步，三步……

离目标越来越近，越来越近，他们手里的雪球全没了！

我们突然猛攻！

无数雪球飞了出去，那么多，那么快！

他们只有抱着头，趴在雪地上，投降了。

"噢——噢——噢，我们赢了！"

"胡说，胡说，等着挨打！"

大明他们跳起来，继续造雪弹，直到我们都跑不动了，战争暂停！

打完雪仗，浑身上下热乎乎，正好堆雪人。

这次下的雪很黏，很适合造雪球，也适合堆雪人。

有时，雪很干，像冰碴子，聚不到一起，堆雪人就很难。

我先拢起一堆雪，造了一个小雪球。

小雪球滚来滚去，越来越胖，变成大雪球！

再滚一个小一点的雪球，就是雪人的大圆头和胖胖脸。

我和珍珍一起使劲儿，把小雪球放到大雪球上，抓几把雪拍结实。

哈哈！就是这样的雪人啦！

大明安上树枝鼻子，

琪琪放上小石头耳朵，

何好做好叶子嘴巴，

雪人就对着我们眯眯笑了。

回到教室，从二楼窗口，再看看大雪人，它静静地，一直站在那里，像是幼儿园忠诚的卫士。

我希望永远别出大太阳，让我的雪人一直在那里，我好天天和雪人见面。

直到现在，它还站在我的心里。

幼儿园里的实地考察 柒

走出教室，
闻见花香，
听见鸟儿歌唱。
能看到很多人，
经历很多事。
那辆有点破旧、
像个面包的大校车，
不会变身，
却特别疯狂，
它带着我们，
去过很多地方，
我最难忘的有三次……

来到孤儿院

听老师说，明天我们要去孤儿院，我们可以做一些礼物。我拿出刚买的卡纸，叠了很多纸飞机，又用彩线串起来，我喜欢纸飞机，孤儿院的小朋友肯定也喜欢吧。

听老师说，孤儿院的小朋友都是没有爸爸妈妈的。

他们听不到妈妈的睡前故事吧？

他们不能和爸爸一起爬上英雄山吧？

他们肯定没有笑容吧？

他们哭的时候没有人给他们擦干眼泪抱抱他们吧？

他们生活的地方很脏吧？

我想起那首儿歌：

"世上只有妈妈好，

有妈的孩子像块宝，

没妈的孩子像根草！"

他们没有妈妈，肯定像小草一样，孤孤单单吧！

……

这么多伤心的念头在我脑子里旋转、跳跃、翻滚。

"我们出发了！"

老师的声音把我从难过的想象中提了出来。

上了车，我们不像以前那样嘻嘻哈哈的，而是安静地看着窗外。

车子往南部山区的方向跑了很久很久，穿过一座大桥，两边全是山谷，景色真美，很快就到了孤儿院。

走了几步，一下子就看到一座很大很高的白色、黄色、红色相间的高楼，旁边有一个大大的塑胶操场。

孤儿院比我想象的漂亮多了！

比我们幼儿园还好得多呢！

进了孤儿院，里面有绿绿的墙，光洁的地板，小巧的床和桌子，还是旋转楼梯呢！

看来孤儿院不但不脏，还特别干净！

我看见，老师轻轻地抱着婴儿，哄他们入睡，还有老师和小朋友们做老鹰捉小鸡的游戏。

这时，我觉得老师就是他们的妈妈！他们玩得很开心！

我看见有的小朋友在看书，有的在玩玩具，有的在做手工，有的在上音乐课，他们过得充实而有趣。

穿过长廊，我们来到了一个教室，一些小朋友高兴地迎接我们，有的还跳起来。

我把一串小飞机送给一个大眼睛的小男孩，他笑了，轻轻地说："谢谢！"

有个小男孩跑过来，送给我一个橡皮泥捏成的小猴。

我好高兴，因为我感觉到了，原来，他们也是和我一样高高兴兴地度过每一天的。

在回去的路上，我突然想到：

他们有更多的兄弟姐妹，有更多的妈妈，有很多我们没有的东西。他们的童年也一样的精彩。

农业考察

老师对我们说，今天要去快乐农庄，去很远的地方。

这次出行，可把我高兴坏了，因为，这是一次农业考察！

平时，我吃的东西不少，但我还不知道它们是怎么种出来的呢！

上车了，没过一会儿，我们的车就甩开了城市，在旷野上飞快地奔跑，小村庄和田地一 一展现在我眼前，又退后了，最后，终于看到了一大块伸到天边的田地，旁边立着一个大牌子：地瓜田。

老师说："快乐农场到了！"

下了车，我马上跑下去，想看看地瓜还没摘的时候是什么样子，我东望望，西瞧瞧，怎么也看不见地瓜的影子。

老师走过来笑着说："地瓜是生长在地底下的，你站在这里怎么看得到呢？"

我恍然大悟，赶紧拿着铲子往地上挖，挖了老半天，满头大汗，还是没有找到一个地瓜。

我看到别的人都在突出来的一条线里挖，我也跑过去，挖了几下，就看见一个黄黄的东西，拿起来一看，是一个大地瓜！我高兴地抱着地瓜转了三圈。

放下地瓜，我来到一块萝卜地，准备拔萝卜。

我突然想到，在图画书中写的都是：

老爷爷去叫老奶奶，

老奶奶去叫小姑娘，

小姑娘去叫小黄狗，

小黄狗去叫小花猫，

小花猫去叫小乌龟，

小乌龟去叫小老鼠……

排了这么一长串，才拔出了一个萝卜，所以我大喊一声：

"谁来帮我拔萝卜？"

很快，我的五个哥们儿就跑了过来。

"来！一起拔，这萝卜可是太难拔了！"

我在最前面，剩下的人一个接一个，抱着前面人的腰，蹲着马步。

明明说："我忘了多吃点菠菜变成大力水手了！"

豆豆说："实在拔不出来的话就只好请起重机开进快乐农场，轧烂所有田地来拔这
个萝卜了！"

我们大喊起来：

"十、九、八、七、六、五、四、三、二、一，使劲！"

妈呀！

还没来得及尖叫呢，萝卜一下子就出来了！

我们都摔在了地上。

我们一看，大白萝卜胖胖的，个子快有我高了！

我拿起它，一边拍着萝卜的"屁股"，一边说："你怎么长得这么不结实呢！"

"就叫它'不结实'吧！"

"叫它'大马趴'，纪念咱们摔了个大马趴！"

我仔细看了看，这个萝卜上还有一些胡须呢！

"坏了，这个大萝卜还是个老爷爷呢！"

"我看它不是个老爷爷，活像个大人参！"

"林林拔了个大人参，林林拔了个大人参！"

大家一起喊起来，别的小朋友跑过来一看，"人参"这么好拔，都从地瓜地里蹿到"人参"地里来拔"人参"了。

傍晚，夕阳西下，我们各自抱着自己的"人参"，提着自己的地瓜，坐着车，美美地踏上了归程。

没有什么比收获的快乐更让人知足常乐了！

发广告纸练胆量

阳光明媚的上午，老师不知道从哪里拿回了一堆花花绿绿的广告纸。还没来得及想出答案，我们每个人的两手就有了满满的一大摞广告。

上车，出发！

老师说我们要去万达广场，发广告纸练胆量。

大家都兴奋地吱哇乱叫，都觉得这个任务实在是太简单了。

到了那里，我们来到一个地下商场，地方很大，可哪里有人呢？

一共那么几个人，都走得很快，追都追不上，我们蔫了，再没有车上的兴奋劲儿了。

迎面走过来一个叔叔。

"要是他是我爸爸该有多好！"

我猛吸一口气，跑到叔叔面前，低着头轻轻地说：

"叔叔，你看看广告行吗？"

然后，我就把一张广告递给他，他看看我，接过来。

成功了！

我好开心呀，连"谢谢"都忘了说。

接下来，轻松多了，我笑眯眯地主动跑上去，大家都不拒绝我的广告，我大声问好，有的奶奶还主动来拿我的广告，一大摞广告没多久就发完了。

很多小朋友不说话，只是跑过去塞给人家广告，很多人就不要。

明明很大方，他一会儿说："爷爷，给你，拿回去当坐垫吧！"
一会儿说："阿姨，给你，拿回去当扇子吧！"
大家都觉得好笑，他也很快发完了。
看来发广告纸这件事，不能害羞，越大方就越好发！

幼儿园里的好朋友 ^捌

幼儿园的朋友，
是人生中最早的朋友，
是一起哭和笑最多的朋友，
也是我最不能忘记的朋友。

最好的小伙伴——洋洋

洋洋是我童年中最不可缺少的人。

洋洋比我大一岁，我们是邻居，又在一个幼儿园，经常在一起玩。

她瘦瘦的，长着一头乌黑的头发，而且是自来卷，大大的眼睛，小小的嘴，嘴角翘翘的，让她美丽的脸又多了几分可爱。

她最爱的颜色是天蓝色和粉红色，她穿的公主裙就是这两种颜色，她背的书包，用的本子，也大多都是这两种颜色。

她是个很文静的小姑娘，但有时也很能闹。

我在前面走时，她就在后面给我挠痒痒，我还没笑呢，她就笑个不停。她笑起来眼睛就变成了一条月牙，露出白白的牙齿，不笑的时候，她的大眼睛四处乱转，好像一直在观察着什么。

有时候她又喜欢一个人发呆，不知道在想些什么。

她很爱哭，哭之前，嘴巴一瘪，眼圈一红，我和其他小朋友就知道一场不可避免的大哭就要开始了。可她哭的时候常常没有声音，只是流泪，眼睛红红的，泪水一股一股地涌出来，她一哭就得很长时间才能停，而且很难哄，老师怎么说也不行，哭完以后，鼻子就像辣椒一样红，眼睛也红红的，像受欺负的小白兔。

放了学，我们每天晚上都去大院的操场玩，我和她经常在健身扭腰器那里一起做泥巴蛋糕。

我负责采花和弄来一些水，洋洋负责把泥土调制成泥巴，然后我把泥巴放在圆盘上，使劲地揉压，等把泥巴揉得松软了，再把它拍扁，用鲜花的花瓣撒在上面，一个完美的蛋糕就做成了，然后就开始烤蛋糕了。

　　我们把树枝和树叶当柴火，双手奋力地转着圆盘，就是在烤蛋糕了，烤完蛋糕后我们到处邀请客人来买蛋糕，我们会根据客人的需要来推荐不同风格的蛋糕，还根据他们的需求制作各种造型的蛋糕。

　　我们还一起玩过"猫鼠偷油"的游戏，我一般都和洋洋一起当老鼠，洋洋快被抓到时，我就跑到洋洋那里，装做跑得很慢，让那个人来抓我，让洋洋先逃跑。

　　但是，有一件事，让我特别难过。

　　以前，我们在幼儿园里一起玩，回家了也可以一起玩，后来，洋洋虽然上小学了，离开了幼儿园，但因为我们是邻居，还能常常在一起玩。可是，现在，我要搬到大学城读小学了，就要离开洋洋，离开这个宽大的操场，离开这曾经处处都能看到我身影的大院了。

　　知道了这件事，在我搬家的前一天晚上，洋洋来到我家说："阿姨，你能让徐知临到我家来玩一玩吗？"

　　洋洋从没有这样主动和正式地邀请我，一定是她知道我要离开了。

135

从她家玩完了，她送给我一辆铁的玩具小汽车，她知道我喜欢这个。现在我看到这辆小汽车时，还会想起我们一起玩耍的事情……

搬家以后，我经常在想："洋洋在干什么呀？她过得好吗……"我也很想给她打个电话，但总也没有打，因为我不知道跟她说什么。

有一次放假，我回到原来的大院，妈妈要到那个家里拿一些东西，我惊讶地看到在我家门口的置物柜上放着一封信，用粉红色的信封装着，上面有一层灰尘，不知道是什么时候放在这里的，上面用铅笔工工整整地写着：林林收。

我赶紧打开来，啊！原来是洋洋写给我的信。

林林：

你是否还记得我，咱俩都已经两年没见了，有时候可能像小时候一样，傻乎乎地按你家门铃，却没人开门，我便知道自己又犯傻了。最近，你爷爷常来，你却没来。我是多么希望你能来，再跟你玩一玩，现在我已经上二年级了，学了好多知识，你来了，我可以教给你。

洋洋

我离开的时候，给洋洋写了回信，放在信封中，悄悄地放在洋洋家门口的奶筐里。

洋洋：

咱们已经好久没见面了。两年前，咱们说说笑笑，吵吵闹闹，度过了那段光阴。可是现在我们从一栋楼，分到了两栋楼，一栋是七号楼，一栋是十四号楼。我们本来很近，现在变成了十多公里的两头，可今天，咱们又相聚在一起，就像本来就是一个小池塘里的水，变成了两条小河里的水，最后我们都流到了一个地方，那就是大海啊。

林林

不管以后怎么样，我和她的这些岁月是美好的，我和她的童年是美丽的，我和她的故事是甜蜜的，她的笑容永远是可爱的。

最好的哥们儿——何好

幼儿园里，再过一周，就要举行毕业仪式了。

以前，每年，都是我看着很多人哭泣和离开，可是，今年，我，要毕业了。

眼看着朝夕相伴的幼儿园和形影不离的好伙伴，就要告别了。

有些伙伴住得很近，可能还能见面。

可有些伙伴，就像今天黎明的太阳，天上的一朵流云，流淌过你身边的河水，是要永远再见了。

在这些伙伴中，何好是我最好的哥们儿，是一起吃一个橙子的哥们儿，是一起膀子搭着膀子走的哥们儿。

我和他，就像冬天和雪，就像闪电和雷，什么事都是一块儿干。

我们最爱玩的是青蛙火车。

去上厕所的时候，我们俩靠着墙根，蹲着开始青蛙跳，一个拉着另一个的衣服，像一列青蛙小火车。

何好留的是娃娃头，我在后面，他在前面，我看到他油亮的头发，跟着有节奏地一跳一跳，好玩极了。

我们跳着去，再跳着回来，在熙熙攘攘的人流中，上下蹦跳着穿梭而过，小朋友们都知道我俩是"青蛙兄弟"。

不过，再好的哥们儿也有闹别扭的时候，而跟何好闹别扭可就没法和好了。

我说："何好，咱们和好吧！"

他总是听不懂，撅着嘴巴，就好像我在说他名字的绕口令。

总要说好几遍，他才乐呵呵地一甩头："和好！"

何好有个哥哥是特种兵，他总是给我讲很多他哥哥的故事，我最喜欢特种兵了，老是听不够，他就使劲地想，多给我讲一点。

我们曾互相搂着对方的肩膀，在后院里走；

我们曾一起画小人兵，一起玩枪战；

我们曾一起捏橡皮泥，做彩蛋；

我们曾一起睡觉，一起吃饭；

我们曾互相询问到哪里上小学，知道离得很远后，都难过得不说话；

我们曾在一起，做过那么多、那么多的事情，直到最后一起毕业的那一天。

那一天，那最后的一小时，我久久地看着他，看着他，真想在脑子里永远刻下他的样子。

可爱的小伙伴
——我们的夜晚小分队

幼儿园快毕业的时候，我迷上了枪，家里的玩具枪一大堆。

有两把步枪，两把冲锋枪，一把移动式狙击枪，三把手枪，一个玩具手雷。

我突然想起我可以组建一支军队呀，就叫"猛虎突击队"。

第一天入伍的，是浩浩和天天，第二天旭旭、亮亮、大明也纷纷入伍了，只有宝宝和军军没有参加。

他们和剩下的一些小孩儿成立了自己的队伍，叫"猎豹敢死队"。

开始分配职务了，天天是副司令，亮亮是大队长，大明是参谋长，旭旭是侦查员，浩浩是特种兵，我当然是总司令了。

这时，一个奶奶走过来说：

"浩浩，你比林林大，你应该是总司令才对啊！"

浩浩说："总司令不是看年龄大小，是看胖瘦定的好吧！谁胖谁就是司令！"

一次，我准备回家，刚说完"再见"，浩浩就来了个屈膝礼：

"送大王！"

我觉得自己真是要当好这个司令，才能对得起兄弟们。

一天，我在操场上练兵，旭旭说：

"'猎豹敢死队'的人要杀过来了！"

我说："别怕！给他们来个十面埋伏！"

等到宝宝他们来了以后，我们早在小花园里藏了起来，他们放松了警惕，我大喊一声："冲啊！"我们的人从四面八方杀出来，喊得声音很大，人又多，打得他们四处逃窜。

我们还很擅长打"果子游击战"。

院子里有很多海棠果树，结满了果实，我们集中采摘下来，装在口袋里，就用这些小果子互相打，打中了也不疼，但是却很激烈。

最吓人的是"土坷垃稀泥巴战"。

"土坷垃稀泥巴战"的威力很大，能把人打得全身是泥，所以只要有人捧着一块土坷垃，从池塘里加上点水，大家看见了就会尖叫逃窜，东躲西藏，每次玩完了，都是湿淋淋的一身泥。

"水枪对战"最有趣，也最刺激。

一个掩护，一个迅速灌满大水枪冲到敌人面前，对方还来不及躲闪，就被前后夹击了，背后是透心凉，前面更惨，水枪洗脸的感觉你体验过吗？

有时候，打完了别人，猛一回头才看到敌人用枪口对着我的脸，来不及闭眼睛，一股清冷的水柱飞过来，我的头发就像刚涮完的拖把，水流立刻顺着脖子淌下来，真爽！

"自制水弹"也有无比的威力！

我们在气球里装上水，使劲一扎口，就成了一个"大水弹"，这个最适合远程攻击，相当于手榴弹。

敌人一起冲过来的时候，只要亮出水弹，他们就再也嚣张不起来了：

"冲呀！杀呀！"变成"我的妈！快逃！"

水弹扔过去，半个大操场都溅起水花，每个人都逃不过一身湿。

我们的战役打了很多次，数都数不清。

没有赢的伟大，也没有输的沮丧，只是把参加战斗当成了自己的职责。

那几个月，整个院子都成了我们小男孩实现"五星梦"，实现"当兵梦"的地方。

大人们都说我们玩得"有点太疯！"

我们却愿意听成，玩得"刮起台风"。

我们就是要刮起台风呢！

后来，"土坷垃稀泥巴战"被爸爸妈妈们联合禁止了。

跳舞的阿姨不喜欢我们把操场弄得湿湿的，水弹仗没法玩了！

大人怕我们感冒，水枪战也不让再打了，一把把水枪被扣押在家里的阳台上，上面沾满了灰尘。

风靡一时的"果子大战"因为园林伯伯不让再摘了，果子的来源没了，也就没人玩了，操场上连果子影都看不见了。

最后，就剩下赤手空拳的"比划战"和"哒哒哒"自己配音的枪战了。

慢慢地，夏天快结束了，大家都开始为上一年级做准备，军队散伙儿了，我这个司令也成了光棍了。

现在，再也没有从前那样痛快的战斗了！

再也没有那种不顾一切闭上眼睛的冲锋了！

再也没有一呼百应大家一起玩的劲头了！

我回到大院，上小学了，下来疯玩的孩子越来越少了。

操场依旧，战场不在了。

但是，幼儿园时代，我们的呐喊声，我们的浴水奋战、浑身上下湿淋淋的样子，我们躲在花园里卧倒不敢喘气的感觉，我们满脸泥巴、睁不开眼的那一张张面孔，我的这一群枪林弹雨的好伙伴们……

这些童年美好事情的夕阳，永远在我脑海里留下了一道余晖。

玖

再见了，我的幼儿园

幼儿园的最后一天，在太阳升起的时候，慢慢地，走了过来。

我感觉，幼儿园的生活，好像是一场梦，我才刚刚被闹钟叫醒，却要结束了。

不过，我无法否定这个事实。

想起一开始，我最不想上幼儿园，现在，我最不愿意离开的地方就是幼儿园。

拿上最后一次要拿的书和本子，背上最后一次要背的书包，走上最后一次要走的去幼儿园的路。

到了幼儿园，我发现大家都像我一样，带着无数的忧伤，就连以前最活泼的人，今天也不爱说话。

大家在一起玩积木。原来总会推倒积木的人，这一次却小心地放着每一块积木；原来总会大叫着抢走大块积木的人，这一次却把最大的那一块递给了别人；原来总是看着不动手的人，这一次也耐心地一起把积木搭得好高；原来大家都抢着放房顶，这一次都等着，谁也不拿起最后的一块……

但高高的积木房子还是倒了，"哗啦"一声，好像是要告诉我们，我们的幼儿园生活也要"哗啦"一声，结束了。

玩完积木，最不愿意面对的毕业典礼还是开始了。

我们合拍了一张照片，上面有我、有你、也有他和她。

有我们教室里的一切，有那个熟悉的跑道，有那些在墙上默默地看着我们伤心的爬山虎。

何好哭了，

豆豆哭了，

146

我哭了，

朱老师，也哭了。

去年大班毕业时，雯雯抱着老师，哭得睁不开眼睛，两个鼻孔吹出大大的鼻涕泡，一起一落，我看了觉得好玩，抱着肚子笑个不停。今年，我却什么都看不清了。

一个男子汉，多不争气，泪水抹干了，又有了，抹干了，又有了！

我很想再叫一声："朱妈！"可我喊不出来。

我仰望着天空，看着最后一次，衬着幼儿园房子背景升起的大太阳，阳光依旧灿烂。

我最后看了一眼教室前面的大梧桐树，它那么高，比以往更高，我走过去，它的树皮摸起来还是那么粗糙，让人觉得沧桑。

我去看了小树林的几只我曾经喂过的小猫小狗，它们好像长得更大了。

平台上还能看得见剩米，我最后一次看了这几只麻雀吃米的样子，还有树下仍旧忙忙碌碌的小蚂蚁。

最后，我看了每天都要盯着看半天的我的那个一直被叫做"烟囱"的大水塔，上面的瓦和砖在太阳下发着亮光，喜鹊一家在上面悠然自得。

我伸出手，冲着幼儿园的楼，轻轻地挥了又挥：

再见了，我的幼儿园，我在这里度过了四年。

再见了，我的好伙伴，我们一起长高长大。

再见了，那些童年里哭泣和欢笑的时光！

我走出了幼儿园的大门，

走出了幼儿园的历史，

我没有留下遗憾。

我知道，我的人生，将开启新的旅程。

片也室

徐池临 小朋友自2008年 9 月至 2012 年 7 月在本园接受学前教育，特发此证。

愿你在人生路上健康成长！

编号： 022012011612

县（市）区教育局
（章）
　　年　　月

幼儿园
（章）

难忘幼儿园·我的自画像
——我想一觉睡到星期六

　　我刚开始上幼儿园时，对幼儿园是一种害怕的心理，因为怕见不到妈妈了。

　　还是因为，幼儿园的床是陌生的、桌、椅是陌生的，老师是陌生的，一切都是陌生的。没有妈妈的气味，<u>没有妈妈的鼻音听没有</u>。放学时，老是怕妈妈把我扔掉。

妈妈的笑脸↖

　　又过了一些时间，我对幼儿园越来越害怕，我感觉上幼儿园是世界上最痛苦

——再见幼儿园

　　幼儿园的最后一天，在太阳起时，慢的走了过来，我感觉，幼儿园的四年好像一场梦，我才刚刚bèi闹钟叫醒，不过，我还能咚定，它是个事实。

　　我背上最后一次背上的书包，拿上最后一次拿上的幼儿园课本，走上最后一次走上的路，去学校。

　　到了幼儿园，我发现大家都像我一样，都带了无数悠伤，就连以前最活泼的人，今天也没有说话，大家在一

图书在版编目（CIP）数据

小豆丁幼儿园成长记 / 徐知临著. -- 北京：作家出版社，2017.1（2020.4重印）
ISBN 978-7-5063-9173-3

Ⅰ. ①小… Ⅱ. ①徐… Ⅲ. ①散文集 – 中国 – 当代 Ⅳ. ①I267

中国版本图书馆CIP数据核字（2016）第228573号

小豆丁幼儿园成长记

作　　者：徐知临
责任编辑：郑建华　李　雯
装帧设计：连鸿宾　朱文宗
出版发行：作家出版社有限公司
社　　址：北京农展馆南里10号　　　邮　　编：100125
电话传真：86-10-65067186（发行中心及邮购部）
　　　　　86-10-65004079（总编室）

E–mail:zuojia@zuojia.net.cn

http://www.zuojiachubanshe.com

印　　刷：北京尚唐印刷包装有限公司
成品尺寸：185×210
字　　数：128千
印　　张：7
版　　次：2017年1月第1版
印　　次：2020年4月第4次印刷
ISBN 978-7-5063-9173-3
定　　价：42.00元